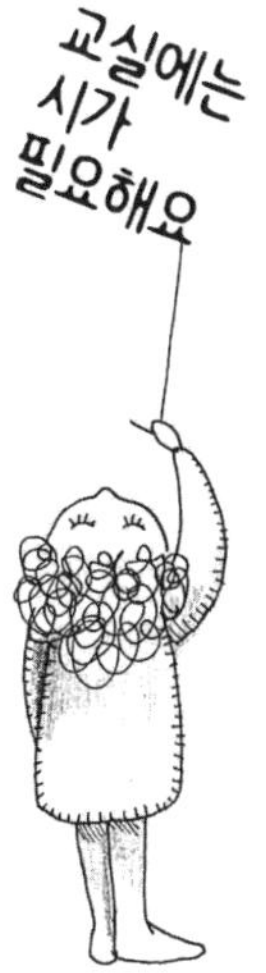
교실에는
시가
필요해요

여는 시

숨

별이 보고 싶어?
불을 꺼보렴.

나를 찾고 싶어?
눈을 감아보렴.

빛나는 것은 미끼란다.
화려한 것은 가짜란다.

불을 끄고
가만히
고개를 들어보렴.

은하수가 보일 거야

눈을 감고
조용히
숨을 바라보렴.

진짜 네가 보일 거야

마법의 주문

힘들고
막막할 때

나는
주문을 걸어요,

책 주문을요!

아프고
외로울 때

나는
처방을 받아요,

책 처방을요!

2021년 12월 포항 영일대에서 시노샘 **김현욱**

차례

3장 모든 기적은 '책 읽어주기'에서 시작된다

4장 글기지개의 기적

5장 날마다, 조금씩, 꾸준히 읽고 쓰기

1장　교실에는 시가 필요해요

01 교실에는 시가 필요해요

아이들의 세상에서 '말'은 시의 씨앗이다.
누군가의 말을 귀담아듣는 일은
대상을 유심히 관찰하는 것만큼이나 중요하다.
잘 들으면 시가 생긴다.

말이 시(詩)가 된다.

세상에, 시 암송이라니!

올해 초등학교에 들어간 딸아이와 드디어, 시 암송을 시작했다. 받아쓰기와 책 읽기 등에서 칭찬 쿠폰을 모으는 재미가 쏠쏠한 딸아이에게 시 암송을 한 편씩 할 때마다 칭찬 쿠폰을 세 장씩 주겠다고 하니, 한 치의 망설임도 없이 하겠다고 덤볐다.

휴일 아침에 김철순 시인의 동시집 『사과의 길』(문학동네어린이, 2014)을 딸아이에게 건넸다. 암송할 시는 '나비'라는 동시다. 봄날에 나비가 날아가는 모습을 아주 감각적이고 세련되게 묘사해놓은 좋은 동시다. 미술의 입문은 드로잉이고, 문학의 입문은 묘사부터다. 글로 어떤 상황이나 장면, 사물을 묘사하는 법은 시인이나 작가가 반드시 익혀야 하는 기본기다. 묘사가 잘 된 시나 글을 통해 묘사의 특성을 체득해야 한다.

딸아이가 암송하기에는 「나비」라는 시가 비교적 길고 내용도 어려워서 걱정했는데, 기우였다. 아빠가 서너 번 낭송해 주며, 어려운 낱말이나 정황, 시의 맥락을 쉬운 말로 짚어주니 딸아이는 스펀지처럼 쭉 받아들였다.

오늘 아침에는 딸아이가 동시집을 따로 챙겨 가방에 넣는 것을 보았다. 학교 가서 쉬는 시간에 보고 외우겠다는 것이다. 어찌나 기특하고 예쁘던지! 물론, 칭찬 쿠폰 세 장이라는 커다란 당근 덕분이겠지만, 시 암송을 꾸준히 하려면 당근뿐만 아니라, 부모나 교사의 동참이 필요하다. 다시 말해 딸아이에게 시 암송을 시킨 아빠도 시 암송에 동참해야 한다는 뜻이다.

인공지능과 자율자동차, 빅 데이터, 코딩, 드론이 미래 산업의 먹거리로 부상한 4차 산업 시대에 세상에, 시 암송이라니! 작금의 정보화시대에 어울리지 않는 낡은 교육법이라고 생각할지 모르겠지만, 정작, 세계적인 인재를 배출하는 명문 학교에서는 '암송'의 중요성을 그 누구보다 잘 알고 교육과정 속에서 실천하고 있다. 학생들이 필요에 따라, 시나 문장을 '검색'하는 것과 '암송'하는 것은 비교 자체가 무의미하다. 특히, 사상과 문장의 에센스만 모아놓은 시를 암송하는 것은 사고력과 창의력의 토대를 질적으로 향상시킨다.

오늘날의 시 교육은 지나치게 분석적이고 해석적이다. 특히 중·고등학생에게 시는 단지 풀어야 하는 암호이거나 기호일 뿐이다. 이는 시를 학생들에게서 멀어지게 하는 주된 요인이다. 시를 있는 그대로 느끼고 음미하고 낭송할 수 있다면 입시에 고통받는 학생들의 정신 건강도 한결 나아질 것이다.

시 암송의 방법으로는 짧은 시, 재미있는 시, 서정시, 명시부터 외우는 것이 좋다. 검증받은 좋은 시여야 하는 것은 당연하다. 처음에는 시를 몇 번이고 읽으며 그 의미를 생각해 봐야 한다. 시상이 떠오르고 공감이 되면 시를 서너 번 베껴 써 본다. 반드시 베껴 써봐야 한다. 읽어보는 것과 베껴 써 보는 것은 큰 차이가 있다. 두 번이고 세 번이고 베껴 쓰고 나서 더듬더듬 외워 본다. 완전히 외웠을 때는 시의 분위기와 느낌을 잘 살려 낭송을 해본다. 그런 다음, 생활하다가 그 시가 떠오르면 기억을 되살려 외워 보는 것이 좋다. 한 번 외웠다가 넘어가버리면 금세 잊어버리게 된다. 생활 속에서 가끔 외울 수 있는 기회를 제공하는 것이 좋다.

좀 더 많은 학교와 학급, 가정에서 시 암송을 시켰으면 좋겠지만 그건 어디까지나 개인적인 희망에 지나지 않는다. 요즘의 학생들은 수학 경시니 독서 논술이니 영어 경시니 할 일이 너무도 많기 때문이다. 훗날 성인이 되었을 때 학창 시절에 암송한 수백 편의 시가 마음의 재산이 되리라는 믿음으로 학급에서 집에서, 선생님과 부모님이, 자녀와 함께 매주 한 편씩 시 암송을 해보기를 권한다.

그건 그렇고, 우리 딸아이가 첫 번째 시 암송을 통과해서 칭찬 쿠폰 세 장을 받을까? 못 받을까?

동시집 선물하기

올해도 포항교육지원청부설 영재교육원 중등 언어반 〈시 감상과 시 창작 수업〉을 맡았다. 언어반이라 하면 어떤 수업을 하는 곳일까 궁금할 것이다. 문학 감상과 창작, 논리와 문법, 독서토론 등을 배우는 곳이다. 나는 올해 새로 뽑힌 포항 지역 20명의 중학생과 함께 시 감상 수업을 했다.

돌아가면서 간단한 자기소개를 끝낸 후, 동시집 『지각 중계석』(문학동네, 2015)을 나누어 주었다. 중언어반 학생들에게 2, 30분 정도 자유롭게 동시집을 읽을 시간을 주었다. 그런데 동시집을 받아든 중언어반 학생들의 표정이 참으로 가관이었다.

'세상에! 동시집을 나눠주다니!', '뭐야? 지금 우리한테 동시를 읽으라고?', '아… 벌써 따분하고 하품이 나네.', '시랑 담쌓은 지 오랜데…….', '오 마이 갓! 도대체 이게 무슨 일이야!'

그렇게 며칠이 지난 후 중언어반 학생들의 동시집 독후감을 받았다. 학생들이 낸 독후감 첫머리를 읽으며 나 또한 '오 마이 갓!’을 외쳤다. 불안한 예상은 적중했다.

“나는 평소에 소설이나 과학책만을 읽었기 때문에 동시집이 의외였고 또 관심이 가지 않았다.”, “나는 동시집을 읽어본 적은 없었다. 그저 동시들은 모두 단순하고 지루하며 재미없다고 생각했었다.”, “동시…… 언제부터 시와 멀어졌는지 모르겠다. 도서관에 가서도 수필이나 소설과 같은 종류의 책만 찾아다녔지, 지나가다 시집이 있는 구간이 있어도 그냥 지나치기만 했다.”, “나는 항상 시를 따로 읽지 않고 그냥 학교에서 배우는 대로만 읽었던 것 같다. 그래서 태어나서 처음으로 시집을 읽어봤다.”

태어나서 동시집이나 시집을 처음부터 끝까지 읽어본 건 처음이라는 몇몇 중학생의 글을 보며 눈물이 날 뻔했다. 어쩌다 우리가 이렇게 되었을까? 자괴감에 한참을 머리를 흔들었다.

‘영재교육원에 중언어반 중학생이 이 정도라면…….’

그래도 천만다행이다. 이유야 어찌 되었든 동시집 한 권을 다 읽은 중언어반 친구들에게 작지만 소중한 변화가 감지되었기 때문이다.

“이 책은 내 생애 거의 처음으로 처음부터 끝까지 읽은 시집이다. 그래서 그런지 집중해서 정말 인상 깊게 보았고, 읽은 지 며칠 된 지금까지도 아직 선명하고 생생하게 내용이 떠오른다. 내가 생각한 이 책은 마치 비빔밥 같다. 재미있는 맛, 통쾌한 맛, 감동이 있는 맛, 오묘한 맛 등이 모두 섞여서 환상적으로 조화를 이루기 때문이다. 모두 맛있는 맛이지만, 그중에서도 가장 인상적인 맛의 시를 고른다면, 「고래 할아버지」와 「100원」이라는 시이다."

"나는 조금의 기대도 없이, 한숨을 쉬며 책을 받아들었다. 내가 이때까지 아무 근거도 없이 동시집에 좋지 않은 생각을 가지고 있었다는 것을 느낄 수 있었다. 정말 지금껏 내가 생각해왔던 동시집의 이미지와 내가 읽고 있는 동시집의 이미지는 너무 달랐다. 이 동시집의 시들 중에는 읽는 이들이 같이 공감을 하며 읽을 수 있는 시, 읽으면서 슬며시 웃음을 짓게 만드는 시, 깊은 생각에 빠져들게 하는 시들도 있었다. 시들이 생각보다 재미있었고, 동시집에 관심이 조금 생겼다."

"가장 기억에 남는 시는 「할머니의 화장품」이라는 시였다. 그 시에서는 눈 침침한 할머니를 위해 엄마가 네임펜으로 또박또박 번호와 글씨를 써 놓았다. 그리고서는 할머니에게 애가 단 엄마는 타박타박한 잔소리를 늘어놓는다. 눈 침침한 할머니를 위해 네임펜으로 또박또박 번호와 글씨를 새기는 모습도 아름다웠다. 이처럼, 서로 아끼고 존중하면서 배려하고, 도와주는 모습이 너무나도 인상 깊었다."

학부모님, 선생님께 간곡히 당부 말씀드린다. 우리 아이들에게 동시집을 선물해 주시길. 요즘 좋은 동시집이 참 많다. 특히, 중, 고등학생들에게 동시집을 선물하자. 작지만 소중한 변화가 시작될 것이다.

낭송은 힘이 세다!

소리 내어 글을 읽는 음독(音讀)에는 낭독(朗讀), 낭송(朗誦), 낭영(朗詠) 등이 있다. 음독이 자기 혼자서 소리 내어 읽는 것이라면, 낭독은 다른 사람이 듣는 것을 전제로 한다. 글의 정서나 운율, 이미지를 음성으로 전달하는 것이 낭독이다. 낭독은 혼자서 또는 같이, 순서를 정해서, 배역을 정해서 읽을 수 있다. 낭독 전에 글의 내용과 정서, 운율, 분위기 등을 파악하여, 듣는 사람에게 효과적으로 전달할 수 있도록 음성의 높낮이, 길고 짧음에 주의를 기울여야 한다.

고전평론가 고미숙 씨의 『낭송의 달인-호모 큐라스』(북드라망, 2014)에 따르면, 큐라스는 케어(care)의 라틴어로, 배려, 보살핌, 치료를 뜻한다. 고씨가 말하는 낭송은 책을 소리 내어 읽는 '낭독'이 아니라 '암송'하는 것이다. 암송은 암기와 다르다. 암기가 음소거 상태에서 의미 단위로 텍스트를 먹어 치우는 것이라면, 암송은 소리로 텍스트를 몸 안에 새기는 행위다.

고씨는 “낭송이란, 존재가 또 하나의 텍스트로 탄생하는 과정이다. 낭송을 일상화하면 자연스럽게 쾌락에 미혹되지 않는다”라면서 “낭송이 공부와 우정을 북돋우고 나아가 삶까지 바꾸는 독서법이자 양생법이다. 친구의 생일파티에 가서, 혹은 직장 동료의 결혼식장에 갔다가 니체나 스피노자, 공자나 연암 박지원의 문장을 듣게 된다면 그야말로 최고의 선물이 되지 않을까. 그런 경험을 하면 그 친구나 동료를 대하는 태도가 달라진다. 우정을 나눌 준비가 된 것이다. 그게 바로 신체와 소리의 힘이다.”라고 힘주어 말했다.

2019년 6월 14일, 문재인 대통령이 스웨덴의 의회에서 ‘한반도 비핵화와 평화를 위한 신뢰’ 주제 연설에서 시 낭송을 했다. “스칸디나비아라든가 뭐라고 하는 고장에서는, 그 중립국에서는 대통령 이름은 잘 몰라도 새 이름, 꽃 이름, 지휘자 이름, 극작가 이름은 훤하더란다. 자기네 포도밭은 사람 상처 내는 미사일 기지도 탱크 기지도 들어올 수 없는 나라.” 신동엽 시인의 ‘산문시 1’을 낭송한 것이다. 1969년 서른아홉 나이에 요절한 신동엽 시인은 대표적인 한국의 참여 시인이다.

올해 초등학교 2학년인 딸이 여름방학을 맞아 학급 장기자랑에서 트로트 가수 홍자의 ‘상사화’를 불렀다. 방과 후 수업에서 배웠던 우쿨렐레 연주나 댄스를 자랑하는 게 어떠냐고 했더니, 요즘은 〈미스트롯〉에 나왔던 트로트를 부르는 게 유행이란다. 안타깝지만, 동요는 교실에서 사라진 지 오래다. 학생들의 장기자랑은 아이돌 춤을 흉내 내거나 가요, 랩이 대세다. 심지어 모 프로그램에서는 선생님들이 우스꽝스러운 변장을 하고 아이돌 춤을 추는 게 미덕인 것처럼 비친다.

신영복 교수의 『담론』(돌베개, 2015)에는 초등학생들과 시 암송을 하는 선생님이 나온다. 형편이 어려운 아이들을 모아 시를 암송했다고 한다. 그중 한 아이가 학교에서 소풍을 갔는데 장기자랑 시간이었다고 한다. 역시나 아이돌 춤과 유행가가 대부분이었다. 드디어, 그 아이 차례였다. "죽는 날까지 하늘을 우러러 한 점 부끄럼이 없기를, 잎새에 이는 바람에도 나는 괴로워했다…." 그 아이는 윤동주의 '서시'를 암송했다. 반응은 뜻밖이었다. 그 아이는 일약 스타가 되었다고 한다.

학교에 근무하면서 아이들과 시를 암송했다. 보름에 한 편씩 아이들과 다양한 방법으로 시를 암송했다. 아이들의 부모님도 동참했다. 가을에 학급 시 암송 발표회를 열었다. 시 암송을 해보니 수많은 선현이 '암송'의 위대함을 전한 이유를 알 것 같았다.

경상북도교육청에서 시 암송을 적극 장려한다. 학급에서 학교에서 시 암송, 시 낭송 콘서트가 우후죽순 생겨나길 바란다.

말이 시(詩)가 된다

사람은 말로 배우고 말로 사귀고 말로 싸우고 말로 사는 존재다. 말과 관련된 속담이 많은 이유도 말의 무게 때문이다. 정약용의 『이담속찬』에 '혀 밑에 도끼가 있어 사람이 자신을 해치는 데 사용한다' 라는 속담이 전한다. 말이 재앙을 불러올 수 있음을 경계하라는 뜻이다. '말이 씨가 된다' 라는 속담도 말조심하라는 뜻인데 조금 다르다. 평소 무심코 하던 말이 실제로 이루어질 수 있으니 불길한 말, 안 좋은 말보다는 즐겁고 이로운 말을 많이 해라는 메시지를 담고 있다.

사람에게 한 개의 입과 두 개의 귀가 있는 것은 말하기보다는 듣기를 두 배 더 하라는 뜻이라고 한다. 귀 기울여 경청하면 사람의 마음을 얻을 수 있다는 뜻의 사자성어 '이청득심(以聽得心)'이 좋은 예다. 친구 사이에도 자기 말만 하는 친구보다 잘 들어주는 친구가 인기가 많고 대접을 받는다. 그뿐이랴. 가족이나 친구 말을 잘 들으면 마음도 얻고 시도 얻을 수 있다. 말이 씨가 되는 게 아니라, 말이 시가 된다.

전동재의 '요섭이의 말' 이라는 시가 그렇다.

"걸어오는데/ 요섭이를 만났다// 요섭이가 갑자기/ 동재, 우리 반 김욱현 샘 좋지?/ 그 샘 누구?/ 우리 담임 샘!// 나는 한참을 생각하다가/ 김현욱 샘? 이라고 말하니/ 요섭이가/ 아, 맞다. 하하하!// 요섭이는 샘 이름도 모른다."//

네이버 카페 〈시와 노는 교실〉을 운영하며 아이들과 시를 쓴다. 2주에 한 번꼴로 시를 쓰는데, 아이들의 쓰고 싶은 마음을 북돋우기 위해 가장 애를 쓴다. "아파트에서 생긴 일", "기억에 남는 말을 떠올려 시 쓰기", "억울하면 시 쓰자!" 같은 아이들이 좋아할 만한 주제로 시작한다. 알맞은 마중시가 있으면 읽어주고 시 이야기를 나누는데 "기억에 남는 말을 떠올려 시 쓰기"를 할 때는 배한권의 「엄마의 런닝구」를 읽어준다. 엄마의 사투리 부분을 맛깔나게 읽으면 아이들이 함박웃음을 터뜨린다. 반 아이들에게 낭송을 부탁하면 더 재미있게 읽는다. 시 쓸 분위기 조성에 안성맞춤이다.

매년 아이들과 "기억에 남는 말을 떠올려 시 쓰기"를 하는데 곧잘 재미있는 시가 나온다. 전동재의 시 「요섭이의 말」이 그렇다. 새 학년이 시작되고 두 달이 지났는데도 요섭이는 자기 담임 선생님의 이름을 거꾸로 알고 있다. 동재와 요섭이는 같이 학교에 오다가 요섭이가 김현욱 선생님을 김욱현 선생님이라고 하는 게 참 기억에 남았던 모양이다. 아침에 동재가 말로 먼저 내게 그 얘기를 들려줬다. 나는 '옳다구나!' 동재에게 다음에 시 쓸 때 그걸 써보라고 했다. 동재는 요섭이 말을 잘 듣고 나는 동재 말을 잘 들었다. 말이 시가 된 것이다.

우리는 말의 세상에 살고 있다. 말로 시작해서 말로 끝난다. 정치인이나 연예인 같은 공인들이 종종 말실수를 해서 구설에 오르는 것을 본다. 아이들의 세상에서 '말'은 시의 씨앗이다. 누군가의 말을 귀담아듣는 일은 대상을 유심히 관찰하는 것만큼이나 중요하다. 잘 들으면 시가 생긴다. 말이 시(詩)가 된다.

시 암송 교육의 부활

다음은 지난 5월 연합뉴스에서 보도한 내용이다.

『미국 고교에서 시 암송 교육이 '부활' 하고 있다고 한다. 워싱턴 포스트는 최근 미국 고교에서 학생들을 상대로 한 시 암송 교육이 '부활' 하고 있다고 보도하면서 미국 계관시인인 찰스 시믹과 빌리 콜린스가 전하는 시쓰기와 암송에 관한 조언을 실었다. 신문은 지난 40년간 시 암송은 미국의 교실에서 거의 사라지다시피 했으나, 최근 들어 부활하고 있으며 학생들도 이를 억압적으로 받아들이지 않고 자신을 표현할 수 있는 기회로 생각하고 있다고 전했다.』

시 암송이 부활하고 있다. 40년간 사라지다시피 했던 시 암송이 교육 현장에서 다시 살아난 이유는 무엇일까?

서울 신화중학교 김종원 교장 선생님은 시 암송의 효과는 이렇게 적고 있다.

① 시를 깊이 있게 감상할 수 있다
② 정서가 풍부해지고 마음이 아름다워진다
③ 영혼이 맑고 깨끗해진다
④ 언어가 순화된다
⑤ 글짓기 능력이 자연스럽게 길러진다
⑥ 사고력이 깊어진다

오늘날의 시교육은 지나치게 분석적이고 해석적이다. 특히 중, 고등학생에게 시는 단지 풀어야 하는 암호거나 지식일 뿐이다. 이는 시를 학생들에게서 멀어지게 하는 주된 요인이다. 시를 있는 그대로 느끼고 음미하고 낭송할 수 있다면 입시에 고통 받는 학생들의 정신 건강도 한결 나아질 것이다.

나는 내가 근무하는 학교 학생들과 시 암송을 한다. 3월 학기 초부터 지금까지 모두 14편의 시를 암송하였는데 학생들의 반응이 매우 좋다. 처음에는 귀찮아하는 표정이 역력하더니 이제는 매주 암송 시가 나오면 스스로 척척 쓰고 외우고 시 암송 노트에 정리까지 하고 있다. 올 한 해 학급경영계획을 세울 때 1년 동안 40편의 시를 암송시키려고 생각하였다. 하지만 학생들의 암송능력은 생각 이상으로 왕성하여 그 수를 좀 더 높일 작정이다.

시 암송의 방법으로는 짧은 시, 재미있는 시, 서정시, 명시부터 외우는 것이 좋다. 물론, 검증받은 좋은 시여야 할 것은 당연하다. 처음에는 시를 몇 번이고 읽으며 그 의미를 생각해 봐야 한다. 시상이 떠오르고 공감이 되면 시를 서 너 번 베껴 써 본다. 반드시 베껴 써 봐야 한다. 읽어보는 것과 베껴 써 보는 것은 큰 차이가 있다. 두 번이고 세 번이고 베껴 쓰고 나서 더듬더듬 외워 본다. 완전히 외웠을 때는 시의 분위기와 느낌을 잘 살려 낭송을 해본다. 그런 다음, 생활하다가 그 시가 떠오르면 기억을 되살려 외워 보는 것이 좋다. 한 번 외웠다가 넘어가버리면 금세 잊어버리게 된다. 생활 속에서 가끔 외울 수 있는 기회를 제공하는 것이 좋다.

훗날 성인이 되었을 때 학창 시절에 암송한 수백 편의 시가 큰 마음의 재산이 되리라는 믿음으로 학급에서 집에서, 선생님과 부모님이, 자녀와 함께 매주 한 편씩 시 암송을 해보는 것은 어떨까?

시 암송 수행평가

서울 동도중학교는 전교생이 졸업할 때까지 시 100편을 외우는 전통이 있다. 일주일에 한 편씩이니 학년마다 33편 내외를 암송한다. 기사에 따르면, 동도중학교 전교생의 80% 정도가 시 100편을 외우고 졸업한다. 1999년부터 시작해 올해로 14년째다. 시 암송 프로그램을 도입한 박찬두 국어 교사는, "수행평가 점수를 확정해야 하는 중간, 기말고사를 앞두고는 암송 확인을 받으려는 학생들의 줄서기가 교무실 앞부터 복도까지 길게 이어진다."라고 말했다.

시 암송으로 유명한 나라는 독일과 프랑스다. 독일과 프랑스는 초등학교 때부터 시 암송을 시킨다. 시 암송 노트가 따로 있다. 매주 시 한 편을 나눠주고 시를 외우게 한다. 독일과 프랑스는 고등학교 때까지 최소 100여 편의 시를 외워야 졸업을 할 수 있다. 독일과 프랑스의 국력은 모국어를 사랑하고 모국어의 정수를 획득한 문화 국민의 힘에서 나온다. 미국의 사립 명문학교, 중국의 사립 명문학교에서도 시 암송은 빠지지 않는 지도자 양성의 핵심 프로그램이다.

시암송국민운동본부 문길섭 대표는 시를 400편쯤 암송하는 시 암송 전도사다. 시 암송을 하면 좋은 점이 너무 많다고 한다. "친구나 애인처럼 언제 어디서든 만날 수 있고 뇌세포를 활성화해 치매를 예방하고 마음의 여유를 갖게 하고 불면증을 사라지게 하고 자투리 시간을 소중한 시간으로 만들어주고 마음이 힘들 때 위로와 희망을 주고 글쓰기와 말하기의 수준을 높여주고 상상력과 창의력을 길러주고, 세상 만물을 늘 가슴에 품게 해준다."

아이들과 시 암송을 시작하면서 깨달은 것 중에 하나는 시 암송이 수단이 되어서는 안 된다는 점이다. 시 암송을 통해 특정 교과 성적을 향상하겠다는 얄팍한 계산은 참으로 어리석다. 시 암송은 그 자체가 목적이고 자신의 삶과 관계를 아름답게 만들어주는 거룩한 행위였다. 마치 경전을 암송하는 구도자처럼 말이다. 아이들이 꼭 암송했으면 싶은 시가 몇 편 있는데 그중에 정현종 시인의 「떨어져도 튀는 공처럼」도 그중 한 편이다.

시 암송을 학급에서 실천하려던 어떤 교사는 일부 학부모의 민원(?)에 시달려야 했다. 이유인즉슨, 안 그래도 외워야 할 게 너무 많은데 아이에게 또 다른 부담을 준다는 것이다. 암기는 하면 할수록 질린다. 시험 끝나면 뒤도 안 돌아보고 갖다 버리는 문제집 같은 것이다.

암송은 하면 할수록 가슴이 벅차오른다. 아이의 영혼에 인류 대대로 전해 내려온 언어와 문화의 에센스가 그득 차오른다. 교육의 질은 교사의 질을 넘을 수 없다. 열정을 가진 교사가 아이들의 가슴에 뜨거운 불꽃을 옮긴다.

교사로 근무하면서 아이들과 시 암송을 하고 매일 아침 글기지개를 쓰고, 매주 주제를 정해 시를 쓰고, 그림책을 읽어주고, 시 암송 축제를 열 수 있었던 에너지는 '그저 그러는 게 좋아서!' 였다. 서울 동도중 학생들은 시 암송 수행평가 때문에 당장은 애를 먹겠지만 훗날 시 암송 덕분에 웃는 날이 분명 있을 것이다.

시울림이 있는 학교

요즘 학생들이 가장 자주 접하는 매체는 책보다는 스마트폰 동영상과 모바일 게임이다. 그중에 대표적인 것이 유튜브, 틱톡과 같은 동영상 전문 앱과 범람하는 수많은 모바일 역할 수행게임(RPG)들이다. 급속도로 발전하는 정보통신기술 시대에 우리 학생들은 무분별한 동영상과 현란하고 잔인한 게임에 무방비로 노출되고 있다. 이밖에도 영화, 텔레비전, 광고와 같은 휘황찬란한 동영상 매체가 우리 학생들의 삶과 영혼을 사로잡고 있다. 이로 인한 폐해는 이루 다 말할 수가 없다. 긴 글을 읽지 못하고, 짧은 글이라도 맥락을 알지 못하며, 평소 욕설과 비속어가 난무하고, 교묘하고 영악한 방법으로 친구를 괴롭히거나 따돌리는 은따, SNS를 이용해 비방하고 험담하는 카따까지 우리 학생들의 영혼은 심각한 수준으로 병들고 있다.

유년 시절부터 청소년 시절에 이르기까지 우리 학생들에게 가장 필요한 것은 영혼을 고양시키는 재미있고 아름다운 시와의 만남이다. 시를 통해 스스로를 성찰하고, 시의 아름다움을 통해 언어의 고귀함을 느끼며, 따뜻한 인성과 상상력, 창의력을 기를 수 있다. 무엇보다 시는 인간을 인간답게 만드는 가장 높은 수준의 인류 문화의 정수다. 오늘날의 학생들에게 가장 먼저 선행되고 바탕이 되어야 할 교육은 코딩이나 정보통신, 5G같은 기술이 아니다. 우리 학생들이 시를 통해 인간성을 회복하고 내면에 숨어 있는 상상력과 창의력을 끄집어낼 수 있도록 도와줘야 한다.

시는 동서고금을 막론하고 인문학의 가장 중요한 토대이다. 신헌재 교수는 "시를 감상하는 것은 낱말, 소리, 그리고 독특한 방식의 리듬, 창조적 언어 사용 방법들을 발견하게 하여 학생들의 삶을 윤택하게 한다."고 하였다. 시는 늘 우리 삶을 노래한다. 시를 통해 학생들은 자신의 삶을 반추하고 통찰하며 경험을 확장시킨다. 시를 만나는 가장 좋은 방법은 시 낭송(암송)과 시 쓰기이다. 윤여탁 교수는 "시는 시다워야 하며, 시는 읽혀야 한다. 또 시를 설명하면, 시는 다친다."고 하였다. 학생들은 대부분 시를 재미없고 지루해한다. 잘못된 시 교육 때문이다. 신비평과 구조주의에 바탕을 둔 시 교육은 시의 비유, 상징, 운율, 함축된 의미를 설명하려고 하고, 학생들에게 그것을 찾아내게 한다. 학생들이 시로부터 멀어지게 된 결정적인 이유다.

시는 분석하거나 설명하는 것이 아니다. 시는 자전거처럼 타고 달리는 것이다. 자전거를 칠판에 걸어놓고 분석하고 설명하고 문제 풀이까지 하면 자전거를 좋아할 학생들은 단 한 명도 없다. 활동 중심의 시 낭송(암송) 활동을 통해 시에 흥미와 호감을 갖게 하는 것이 중요하다. 시는 그 자체로 즐겁고 아름다운 것이다. 즐거운 시 낭송(암송)과 삶을 가꾸는 시 쓰기를 '시울림' 이라고 한다. 시를 낭송하면 몸이 떨린다. 시를 외면 영혼이 떨린다. 시를 쓰면 삶이 떨린다. 그리하여 떨림은 울림이 된다. 임종식 경상북도교육감이 '시울림 학교' 를 적극 추진하고 있다. 쌍수를 들어 환영한다.

시호감(詩好感)

목적과 목표를 혼동하는 사람이 많다. 목적이 '방향'이라면 목표는 '방법' 이다. 목적이 '왜?', '어디로?' 라면 목표는 '무엇을', '어떻게' 이다. 한 학기 한 권 읽기의 목적은 책을 즐겨 읽는 평생 독자를 기르기 위함이다. 평생 독자 양성이라는 목적을 위해 학부모나 교사는 책 읽어주기, 도서관 방문하기, 독서 행사 참여하기 등의 구체적인 목표를 세워 실천한다. 목적은 가치 지향적이지만, 목표는 구체적이고 세부적이어야 한다.

경상북도교육청에서 추진 중인 시울림학교의 목적은 무엇일까? 2020 경북 주요업무계획(1-3-1 바른 성품을 기르는 인성교육)에는 시울림학교의 목적을 따뜻한 인성과 감수성을 기르기 위해서라고 명시되어 있다. 목적 달성을 위해 시를 즐길 수 있는 교육환경을 조성하고 시낭송과 시 포트폴리오 제작, 시 콘서트 개최 등의 구체적인 실행 목표를 세웠다. 나는 시울림학교의 참된 목적은 '시호감(詩好感)'이라고 생각한다. 우리 아이들이 시에 호감을 갖는 것, 시를 좋아하는 것, 눈과 귀를 현혹시키는 게임과 동영상의 시대에도, 올곧게 시를 가까이하며 살아가는 것. 그리하여, "선생님 덕분에 시를 좋아하게 됐어요.", "시울림학교 덕분에 시에 관심이 생겼어요.", "좋아하는 시인이 생겼어요."라는 얘기를 듣는다면, 시울림학교의 목적을 아주 훌륭하게 이루었다고 할 수 있다.

내가 아는 동료 교사의 자녀는 탁구 신동이라는 얘기를 듣는다. 10살인데 웬만한 어른도 상대한다. 탁구를 처음 시작한 계기는 엄마가 탁구를 좋아해서이다. 엄마 따라 탁구장에 들락날락하다가 라켓을 잡게 됐고, 탁구에 호감이 생겼다고 한다. 탁구를 쳐보니 재미가 있어, 탁구에 시간과 에너지를 집중했고, 어느 순간, 탁구를 통해 결정적 경험을 하게 됐다. 결정적 경험이란 몰입과 성취의 카타르시스를 뜻한다. 그 후 아이는 탁구장에 살다시피 하며 엄청난 실력을 갖추게 되었다.

어떤 대상에 호감을 가지려면 무엇보다 자주 접하는 게 중요하다. 시울림학교에서 가장 먼저 해야 할 일은 아이들과 시를 자주 만나게 하는 것이다. 매일 또는 매주 1교시 여는 수업을 교사의 시 낭송과 아이들의 시합창으로 시작하면 참 좋다. 학교 방송에서도 자주 시를 들려주고, 교장 선생님의 훈화도 시 낭송으로 대체하면 큰 박수를 받을 것이다.

그러나 가장 중요한 것은, "우리 선생님은 시를 좋아해!"라는 느낌을 아이들에게 주는 일이다. "우리 선생님은 시 낭송할 때 참 행복해 보여!" 같은 교사의 태도는 아이들에게 큰 감화를 준다.

안타깝지만, 현장에 시를 좋아하고 애호하는 선생님은 그리 많지 않다. 불행하게도 시를 토막 내 배운 탓이다. 교과서나 문제집에 나오는 시 말고는 다른 좋은 시를 만나본 적이 없는 탓이다.

시를 만나는 가장 좋은 방법은 시 낭송이다. 낭독이 의미 전달이 중심이라면 낭송은 감정 전달이 중요하다. 낭독이 이성적이라면 낭송은 주관적이다. 낭독을 반복하면 낭송이 된다. 낭송은 시의 재해석이고 나만의 리메이크이다. 낭송과 암송을 굳이 구분할 필요는 없다. 낭송이 깊어지면 저절로 시의 맨살에 가닿게 될 테니까.

관찰하는 사람

사다리차가 들어온다. 뒤따라 이삿짐 차가 들어온다. 주차된 차를 빼달라고 인부들이 휴대폰을 들고 분주히 오간다. 하나둘 차가 빠지면 사다리차가 튼튼한 지지대를 내린다. 사다리차가 겹겹이 접혀있던 사다리를 펴올린다. 7층 베란다 난간을 겨눈다. 난간에 담요를 덮는다. 수신호를 주고받으며 위치를 맞춘다. 짐을 올릴 사다리차 바닥이 몇 번 오르락내리락한다. 이삿짐 차 문이 열리고 짐이 쏟아져 나온다. 짐이 올라간다. '아, 이사를 왔구나!' 누가 이사 왔는지는 모른다. 저 사람들은 인부들이다. 저기 저 위 베란다에 있는 아주머니가 주인인가? 책이 많은 걸 보니 집에 학생이 있거나 공부를 하는 사람이다. 화분도 제법 자리를 차지한다. 초등학생이 타는 자전거와 킥보드도 보인다. 집에 초등학생이 있는 모양이다.

이상은 우리 아파트에 이사 풍경을 관찰한 글이다. 그냥 무심히 보아 넘기기도 하지만 어느 날은 이렇게 대놓고(?) 관찰한다. 그러다 운 좋게 시를 몇 편 얻기도 한다.

이른 아침부터
베란다 밖으로
사다리차 바구니가
오르락내리락

고개 내밀어 보니
침대 냉장고 장롱 텔레비전……
부지런히 내려가는
이삿짐들

여태
누가 살다
누가 가는지 몰랐는데

짐이 이사 가네
짐만 살다 가네

– 「이사」, 김현욱

관찰(觀察)이란 사물이나 현상을 주의하여 자세히 살펴본다는 뜻이다. 주의(注意)는 마음에 새겨 집중한다는 말이고, 살피다는 두루두루 자세히 보고 따지고 헤아린다는 말이다. 하지만 인간은 관찰보다는 익숙한 판단을 따른다. 다음 글을 읽어보자. "캠릿브지대학의 연결구과에 따르면, 한 단어 안에서 글자가 어떤 순서로 배되열어 있는가 하것는은 중하요지 않고, 첫째번와 마지막 글자가 올바른 위치에 있것는이 중하요다고 한다. 나머지 글들자은 완전히 엉진망창의 순서로 되어 있지을라도 당신은 아무 문없제이 이것을 읽을 수 있다. 왜하나면 인간의 두뇌는 모든 글자를 하나하나 읽것는이 아니라 단어 하나를 전체로 인하식기 때이문다."

글자가 엉망진창의 순서로 나열되어 있지만, 대부분은 별 탈(?) 없이 읽을 것이다. 관찰하지 않고 자동적으로 판단하기 때문이다.

루트번스타인의 『생각의 탄생』(에코의서재, 2007)에서 13가지 창의성 도구 중 가장 첫 번째로 나오는 것이 바로 '관찰'이다. 이 책에는 위대한 관찰자들이 나오는데, 화가 조지아 오프키는 "나는 그전에도 천남성을 많이 보아왔지만, 그 꽃을 그렇게 집중해서 들여다본 것은 그때가 처음이었다.", 작곡가 이고르 스트라빈스키는 "음악은 우리에게 '그냥 듣는 것'과 '주의 깊게 드는 것'을 구분하도록 한다."라고 말했다.

미술 선생님이었던 피카소의 아버지는 피카소에게 비둘기 발만 반복해서 그리도록 시켰다. "열다섯 살이 되자 나는 사람의 얼굴, 몸체 등도 다 그릴 수 있게 되었다. 그동안 비둘기 발밖에 그리지 않았지만, 어느 때는 모델 없이도 그릴 수 있었다." 피카소는 한 사물을 유심히 반복적으로 관찰함으로써 다른 것들도 묘사할 수 있게 되었다.

관찰은 모든 창의성의 시작과 끝이다. 관찰은 인내가 필요하다. 후천적 연습이 필요하다. 세상 모든 순리가 그리하듯 "관찰은 쓰지만, 그 열매는 달다." 삶에서도 관찰은 중요하다. 붓다가 설했다. "분명한 지혜를 가지고 관찰하는 사람은 괴로움에서 멀리 떠나게 된다." 나는 분명 관찰하는 사람이 되고 싶다.

우리 아이들에게 소개해주고 싶은 동시인 01

- 최종득 시인

쫀드기 쌤 찐드기 쌤의 진심

–『내 맘처럼』(최종득/열린어린이/2017)

멸치가 먼저다

최종득 시인을 처음 만난 건 2004년 경남 진주에서였다. 진주교대 어린이문학연구회 '콩세알' 겨울 연수회가 열린다는 소식을 듣고, 일면식도 없던 내가 버스표를 끊은 것은 순전히 최종득 시인에 대한 호기심 때문이었다. 그 무렵 최종득 시인은 월간『어린이문학』에「멸치가 먼저다」라는 작품으로 신인 추천을 완료했다. 마침 나도『어린이문학』합평란에 동시 몇 편을 처음으로 응모했는데, 정세기 선생님으로부터 '충분히 가능성이 있는 분'이라는 격려를 받으며 고무되었다. 칭찬은 고래도 춤추게 한다는 말이 맞았는지 그때부터 어린이문학에 관심이 생기기 시작했고, 같은 지면에 추천을 받은 최종득 시인의「동생 보는 날」,「멸치가 먼저다」등을 읽으면서 '이 사람은 어떤 사람일까?' 한껏 궁금해지기 시작했다. 돌이켜보니, 인연이란 이렇게 동시다발적이다.

삶은 멸치 말리는데
빗방울이 후드득.

마루에서 젖 먹이던 엄마
아기 떼어 내려놓고

허리 아파 보건소 가던 할머니
되돌아 줄달음치고

멸치 다 걷고 나서야
엄마는 젖 다시 물리고
할머니는 보건소 길 다시 간다.

바닷가에서는
사람보다
멸치가 먼저다.

—「멸치가 먼저다」

최종득 시인의 첫 동시집 『쫀드기 쌤 찐드기 쌤』(문학동네, 2009)에 실린 작품이다. 2004년 『어린이문학』에 추천되었던 「멸치가 먼저다」와는 많이 달라졌지만, 마지막 연이 주었던 묵직한 메시지는 그대로다. 이밖에도 최종득 시인이 가장 아끼는 작품 「동생 보는 날」도 기억에 남는다. 첫 동시집에는 「꼬막 터는 날 2」로 실렸다. 「동생 보는 날」은 최종득 시인이 『어린이문학』에 처음으로 추천으로 받아 실은 작품이다. 모든 시인에게 처음으로 지면에 활자화된 작품은 기억에 남기 마련이지만, 최종득 시인에게 「동생 보는 날」은 각별하다.

> "이 시 덕분에 저는 평생 동안 시를 쓰고 살아야겠다는 생각을 했습니다. 이 시는 저에게 시 쓰는 기쁨을 알게 해주었고, 어떻게 시를 쓸지, 아이들을 어떻게 바라봐야 할지, 어떻게 살아가야 할지를 가르쳐준 시입니다. 우리 반 아이가 학교에 오지 않았습니다. 걱정이 되어서 집에 가보니 동생을 혼자 보고 있었습니다. 부모님이 바닷일로 바빠서 동생 볼 사람이 없어서 결석을 한 것입니다. 아이와 같이 놀면서 이것저것 이야기를 나누다가 혼자 학교로 왔습니다. 그 애를 남겨두고 나오는데 바다에 해가 지는 모습이 너무 아름다웠습니다. 동생과 우두커니 날 배웅해 주던 그 아이의 모습이 자꾸 떠올라 견딜 수가 없었습니다. 그래서 시를 썼습니다. 쓴 시를 그 아이한테 주니까 무척 좋아했습니다. 그때 시 쓰는 것이 행복하고 소중한 일이라는 것을 깨달았습니다."
>
> – 『어린이책이야기』, 이 시인을 주목한다, 2010년

2004년 '콩세알' 겨울 연수회에서 처음 만난 최종득 시인은 한

없이 맑고 따뜻한 성품의 시인이었다. 임원을 맡아 묵묵히 연수회를 진행하면서도 선배와 후배들을 알뜰히 챙기고 그 와중에도 서울에서 온 선생님들의 강의에 귀를 기울이던 그의 성실함과 어린이문학에 대한 열정은 내게 큰 감동을 주었다. 무엇보다 인상 깊었던 것은 그 자리에 참석한 학생, 선생님들 모두가 어느 순간 순하디순한 채식 동물처럼 보였다는 것이다. 다툼, 질투, 험담, 미움…… 그런 것들은 전혀 모른다는 듯 환하게 웃고 허심탄회하게 얘기 나누던 그들의 모습에서 그동안 내가 가졌던 어린이문학에 대한 뿌리 깊은 편견을 깰 수 있었다. 그래서였을까? 몇 년 뒤 모 신문사 신춘문예에 동시가 당선되었을 때, 최종득 시인과 콩세알 연수회에 함께 했던 선생님들께 지면을 할애하여 감사의 인사를 드렸다. 돌이켜보니, 최종득 시인에게 진 빚이 많다.

쫀드기 쌤 찐드기 쌤

최종득 시인의 첫 동시집 『쫀드기 쌤 찐드기 쌤』이 세상에 나온 건 2009년이다. 그해 최종득 시인을 두 번째로 만났다. 역시 경남 진주에서였다. 첫 동시집 출간을 앞두고 마지막으로 원고를 검토하는 자리였는데 남호섭, 오인태, 이지호 선생님이 오셨다. 진주교대 강의실에서 동시 한 편을 한 편을 읽어나가며 고치거나 빼거나 더할 것은 없는지 긴 시간 동안 머리를 맞댔다. 가장 기억에 남는 것은 최종득 시인의 첫 동시집 가제가 『벼꽃 필 무렵』이었다는 것이다. 원고를 다 읽고 동시집 제목으로 많은 얘기가 오갔다. 나는 겁도 없이 「쫀드기 쌤 찐드기 쌤」이라는 작품이 최종득 시인의 동시집 전체를 아우른다고 말했다. 동시집 제목으로 『쫀드기 쌤 찐드기 쌤』을 추천했는데 약간의 우려(?)는 있었지만, 선생님들은 동의하셨고, 무엇보다 최종득 시인이 그 제목을 좋아했다.

> "『쫀드기 쌤 찐드기 쌤』 동시집이 나오고 나서 변한 게 하나 있습니다. 그 전까지는 우리 반 아이들만 나한테 쫀드기 쌤, 찐드기 쌤이라 불렀는데, 지금은 학교에 있는 모든 아이들이 저를 보고 쫀드기 쌤, 찐드기 쌤이라고 부릅니다. 남들이 보기엔 버릇없다고 할지 모르겠지만 저는 참 좋습니다. 쫀드기면 어떻고 찐드기면 어떻습니까? 중요한 것은 아이들이 절 좋아하고 편하게 생각한다는 것이지요."
>
> – 『어린이책이야기』, 이 시인을 주목한다, 2010년

알다시피 최종득 시인은 거제의 바닷가 마을의 작은 초등학교에서 아이들과 함께 지내는 교사이다. 그가 가장 바라는 것은 좋은 동시를 쓰는 것보다도, 가난하고 소외받는 아이들의 진정한 친구가 되는 것이다. 최종득 시인은 아이들에게 사랑받는 교사가 되기를 진심으로 바란다. 그가 쓴 대부분의 동시는 학교에서 만난

아이들의 이야기다. 싫증날 만도 한데 최종득 시인의 동시는 그 허방을 가뿐하게 뛰어넘는다.

공부하는 학생이
가장 고생이라며
급식소 갈 때마다
선생님이 업어 주신다.

오늘은
내가 업히는 날.

나는 키도 크고
살도 많은데
우리 선생님은
덩치도 작고 빼빼 말랐다.

업힐까 말까
머무적거리는데
선생님이 냅다 업고는
하나도 안 무겁단다.

선생님 등에

몸을 찰싹 붙이고
숨을 꾹 참았다.

－「우리 선생님」

위 동시의 화자는 선생님 등에 업히는 '나'이다. '나는 키도 크고/ 살도 많은' 초등학생이다. '우리 선생님은/ 덩치도 작고 빼빼 말랐다.' 그런 선생님이 힘들까봐 나는 '선생님 등에/ 몸을 찰싹 붙이고/ 숨을 꾹 참'는다. 여기서 주목할 것은 '나'는 사실, 시인 자신이다. 업어주는 선생님도, 업히는 나도, 시의 화자도 사실은 모두 시인의 자의식이다.

학교에서 근무하는 시인이 자기 반 학생들을 급식소 갈 때마다 업어주었던 경험을 동시로 표현한 것이다. 성인시와 달리 동시는 대리 화자인 '어린이화자'를 자주 내세운다. 동시의 특성 때문에 그러하지만, 실상 '어린이화자'를 내세운 성인들의 동시는 실패할 확률이 높다. 왜냐하면, 어린이인 척, 동심인 척, 하기 때문이다. 대충 이럴 것이다, 이런 마음일 것이다, 짐작하고 예상하며 쓴 '어린이화자' 동시는 십중팔구 볼 것이 없다. 경험상, 어린이들이 쓴 시보다 못할 확률이 높다.

반면에 최종득 시인의 '어린이화자'를 내세운 동시들이 읽히는 까닭은, 그가 내세운 '어린이화자'와 '시인 자신' 사이에 틈새가 매우 가깝거나, 때로는 아예 없기 때문이다. 매우 가깝다는 것은 대리 화자로 내세운 '어린이화자'와 깊이 교감했다는 뜻이고, 아에 없다는 것은 시인 자신이 어린이의 마음에 동화(同化)되어 그 자체로 어린이의 마음으로 썼다는 뜻이다.

최종득 시인은 오랫동안 아이들에게 시를 읽히고 아이들과 시를 쓰며 아이들의 삶을 가꾸어 왔다. 최종득 시인의 동시를 받쳐주는 가장 중요한 주춧돌은 가난하고 소외된 아이들을 사랑하는 진심과 교실에서 오랫동안 아이들과 함께 시를 써온 경험이다.

교실에서
강낭콩을 키운다.

아무도 모르게
내 강낭콩 화분을
영주 화분 옆에 뒀다.

조금씩 조금씩
줄기가 뻗더니
영주 거랑 내 거랑
서로 엉켰다.

이대로
칭칭 엉켜 있으면
참 좋겠다.

-「내 맘처럼」

멸치의 힘

2017년 최종득 시인의 두 번째 동시집 『내 맘처럼』이 세상에 나왔다. 2009년 첫 번째 동시집 출간 이후 8년 만이다. 과작(寡作)이다 싶지만, 앞서도 말했듯이 최종득 시인은 그사이 어린이 시 모음집 『붕어빵과 엄마』(상상의힘, 2015)을 펴내며 그간 거제도에서 함께한 아이들의 생생한 삶을 소중하게 기록했고, 아름답게 보존했다. 그의 동시들도 귀하지만, 그가 지도한 거제도 바닷가 아이들의 시는 보석에 비할 바가 아니다.

그런 그가 두 번째 동시집을 냈다며, 얼마 전 포항을 다녀갔다. 마침 오승강 시인과 연락이 닿아 따뜻한 만남을 가졌다. 최종득 시인이 동시를 쓰기 시작하면서 옆구리에 끼고 다녔던 동시집이 임길택 시인의 『탄광 마을 아이들과』과 오승강 시인의 『분교 마을 아이들』이다. 가방 속에 항상 넣어 다니면서 틈날 때마다 읽고 또 읽었던 동시집이라고 한다.

두 동시집 속에 나오는 아이들은 절망적이고 아프고 상처투성이지만, 그 누구보다 밝고 건강하게 살아가는 씩씩한 아이들이다. 아이들 옆에 한결같이 있어주고 싶다고, 아이들에게 격려와 위로를 주는 좋은 동시를 쓰고 싶다고, 최종득 시인은 영일대 바다를 보며 나지막하게 말했다.

돌이켜보면, 나도 우리도 참으로 행운이다. 최종득 시인과의 인연으로 동시를 즐겨 읽고 쓰게 된 것도 행운이고, 그의 진정성 가득한 동시들을 읽을 수 있는 것도 행운이고, 아이들을 향한 진심 덕분에 거제 바닷가 아이들의 싱싱한 시를 만날 수 있는 것도 행운이다.

'보통 때는 소심해서/ 친구한테 말도 잘 못 거'는 소연이가 '아이들 입에/ 멸치 넣어 주면서/ 꼬드길 줄' 아는 소연으로 바뀐 것은 '넓은 바다를 누비는/ 멸치의 힘' 때문이기도 하겠지만, 그런 힘을 느끼고 깨닫게 해준, 아이들에게 쫀드기 쌤 찐드기 쌤으로 정겹게 불리는, 최종득 시인의 '진심' 때문일 것이다.

공교롭게도 「멸치가 먼저다」로 시작해서 「멸치의 힘」으로 마무리 짓는다. '작은 덩치로도/ 넓은 바다를 누비는/ 멸치'처럼 최종득 시인도 아이들의 마음을 누비며 멸치처럼 건강한 '동심'을 건져내어 아이들에게 오랫동안 사랑받는 동시의 어부가 되길 바란다.

우리 반 알뜰 바자회에
멸치를 들고 온 소연이.

할아버지가 직접 잡고
자기가 포장한 멸치라며

아이들 불러 모은다.

보통 때는 소심해서
친구한테 말도 잘 못 거는데
멸치 앞에서 싹 바뀌었다.

장난감과 인형에만
줄 서 있는 아이들 입에
멸치 넣어 주면서
꼬드길 줄도 안다.

비린내 난다는 애한테는
멸치 볶음 해 먹으면
밥도둑이 따로 없다며
말할 줄도 안다.

소연이가 바뀐 건
작은 덩치로도
넓은 바다를 누비는
멸치의 힘 때문이다.

– 「멸치의 힘」

우리 아이들에게 소개해주고 싶은 동시인 02

- 김개미 시인

나쁜 놈은 내가 할래!

– 『커다란 빵 생각』(김개미/문학동네어린이/2016)

곤충도감은 보물창고

올해는 예기치 않게 과학 교과 전담을 맡았다. 15년 동안 담임을 맡아 반 아이들과 시 암송이며 시 쓰는 재미로 살았는데, 올해는 아이들 시 읽는 기쁨이 사라져 내내 서운했다. 쾌쾌한 약품 냄새와 속이 훤히 들여다보이는 인체모형이 떡하니 서 있는 과학실은 아직도 적응이 안 된다. 그나마 위안인 것은 수십 개의 수납장과 도감(圖鑑)들이 있어서다.

과학실은 수납장이 많다. 보관할 것이 많기 때문이다. 수납장 열어 보는 재미가 이리 솔솔 한 지는 과학실에 와서 처음 알았다. 그리고 또 하나. 도감을 발견한 것은 큰 행운이다. 동물도감, 식물도감, 곤충도감……. 쉬는 시간 틈틈이 곤충도감을 읽었다. 읽다가 벼락을 맞은 듯 자세를 고쳐 앉았다. '곤충도감이야말로 동시의 보물창고구나!'

시골가시허리노린재는 꽁무니를 대고 짝짓기를 한다. 물자라 수컷은 등에 알을 지고 다닌다. 멧노랑나비나 각시멧노랑나비는 더위를 피하려고 여름잠을 잔다. 여름잠이라니! 하루살이는 실제로는 이삼일부터 열흘까지 산다. 한 달이나 두세 달쯤 사는 하루살이도 있지 않을까? 왕잠자리 애벌레는 아가미가 똥구멍 안에 있다. 똥구멍으로 물을 빨아들이고 내뿜으며 숨을 쉰다. 똥구멍에서 물을 내뿜는 힘으로 앞으로 나아간다. 똥구멍 얘기만 꺼내도 까르르 웃는 아이들에게 똥구멍이 얼마나 대단한지 가르쳐줘야지.

학교 운동장이나 마당, 공원에서 우리가 흔히 보는 개미는 일본왕개미와 곰개미다. 곰개미는 일본왕개미보다 크기가 조금 작다. 곰개미는 살아 있는 먹이를 잡을 때는 배 끝에서 개미산을 쏜다. 개미가 물어뜯는 것 외에 무엇을 쏜다는 사실이 놀랍다. '개미' 하면 독자들은 무엇을 떠올릴까? 「개미와 베짱이」이야기부터 국내에 200만 권 넘게 팔린 베르나르 베르베르의 소설『개미』, 얼마 전에 개봉한 영화『앤트맨』도 순위에 들 것이다.

그리고 어쩌면, 『어이없는 놈』(문학동네, 2013), 『커다란 빵 생각』을 낸 김개미 시인을 떠올리는 독자도 있을 것이다. 유쾌, 상쾌, 통쾌한 동시를 기다려온 독자라면.

나쁜 놈을 내가 할래!

점잖은 정치가는 준혁이, 네가 해
나는 구름처럼 다가가 주머니를 터는
외로운 소매치기 할래

숲 속의 잠자는 공주는 다흰이, 네가 해
나는 외다리 목발 탁자 위에 올려놓고
술 마시고 노래하는 카리브 해 해적 할래

깐깐한 보안관은 예담이, 네가 해
나는 아무 데나 총 쏘고 도망치는
흉악한 현상 수배범 할래

은행 강도 놀이를 하든
못된 마법사 놀이를 하든
나쁜 놈은 나야, 내가 할래

–「역할 놀이」

김개미 시인의 동시집 『커다란 빵 생각』에서 한 편만 골라 달라면 나는 이 시를 선택할 것이다. 실제로 동시집을 읽고 가장 먼저 아이들과 동료 선생님들에게 소개한 시가 「역할 놀이」다. 반응이 재미있었다. 강낭콩 수업을 앞두고 아이들에게 「역할 놀이」를 읽어 주었다. 아이들 표정이 물음표에서 느낌표로 옮겨 갔다. 입꼬리가 씩 올라갔다. 한 번 더 읽어주세요, 라는 앙코르 요청(?)까지 받았다. 그건 좀처럼 흔한 일이 아니다. 김개미 시인이 이 사실을 알면 얼마나 기쁠까.

그런데 몇몇 동료 선생님은 우려를 표했다. '나는 아무 데나 총 쏘고 도망치는 흉악한 현상 수배범 할래' 이건 너무 과하다는 식이었다. 외로운 소매치기, 카리브 해 해적, 흉악한 현상 수배범, 은행 강도, 못된 마법사가 되기를 간절하게 꿈꾸는 아이들이 과연 이 세상에 몇이나 될까? 하긴, 모를 일이다. 장래에 소매치기, 해적, 강도, 소년병이 될 수밖에 없는 아이들과, 「역할 놀이」라는 시를 듣고 깔깔깔 웃으며 잠시라도 즐거워하는 아이들이 동시대에 살아가고 있는 슬픈 세상이니까.

1
우리 집에도 호랑이가 올 거라고 생각했어
옛날이야기에 나오는 바로 그 호랑이가

숲에 가서 꽃을 꺾을 때는 사방을 살폈어
동화 속에 나오는 늑대가 오나 안 오나

책을 읽고 나면 눈을 감고 몸을 떨었어
책 속의 일들이 나한테도 벌어질 거라 믿었어

아아, 나는 세상에서 제일가는 겁쟁이
꿈속에서도 무서워 떨었어

2
동네에 불이 나면 밥을 안 먹었어
하나도 놓치지 않고 구경하고 싶었어

집에 손님이 오면 밖에 안 나갔어
어른들의 세계를 엿보고 싶었어

매를 맞을 땐 결코 도망가지 않았어
화난 엄마를 이기고 싶었으니까

아아, 나는 내가 생각해도 나쁜 애
싸우지 않은 날이 하루도 없었어

－「몇 살 때까지였을까」

'세상에서 제일가는 겁쟁이'에서 '나는 내가 생각해도 나쁜 애'로 자란 한 아이의 성장 동시다. 1과 2가 확연히 구분되는 지점은 수용과 거부, 믿음과 불신이다. 동화 속의 호랑이와 늑대가 올 거라고 믿고, 책 속의 일들이 나한테도 벌어질 거라고 받아들이는 지점이 바로 1이다. 꿈속에서도 무서워 떨었던 겁쟁이, 라고 자신을 부끄러워하는 이유는 이 시가 2의 지점에서 쓰였기 때문이다. 질풍노도의 시기라고 불리는 사춘기 이전과 이후라고도 볼 수 있다.

언젠가 학교에 강연 온 상담 강사가 말했다. "사춘기의 아이들이 반항하고 일탈하고 말을 안 듣는 이유는 호르몬 때문입니다. 자기도 자기가 왜 그러는지 모릅니다. 그냥 놔두세요. 태권도, 유도, 합기도보다 더 좋은 게 '냅도(내버려 둬)' 입니다. 그냥 냅두세요."

강사의 말에 한바탕 웃고 말았지만, '나쁜 놈은 나야, 내가 할래'「역할 놀이」, '아아, 나는 내가 생각해도 나쁜 애'「몇 살 때까지였을까」의 '나쁜 놈(애)' 은 아이들이 겪는 성장이라는 긴 삶 위에 짧은 순간일 뿐이다. 그 폭발과 같은 순간에 거부와 불신, 반항과 일탈의 파편이 날카롭게 튀어나가지만, 다른 한편으로는 뜨거운 열정과 호기심, 무한한 꿈과 상상의 세계가 펼쳐지기도 하는 것이다.

최초의 아이와 외로운 아이

엄마,
겨울에도 꽃이 핀대
그럼 겨울에도 나비가 있다는 거잖아?

눈 크게 뜨고 볼 거야
난 겨울 나비를 만난
최초의 아이가 될 거야

형도 아직 겨울 나비를 못 본 모양이야
내가 겨울 나비를 찾는다니까
나를 놀렸어
겨울에 나비가 어디 있냐고
바보냐고

하지만 엄마,
나는 겨울 나비가 있다고 생각해
그걸 찾을 거야

―「겨울 나비」

경험상 시인은 시집을 낼 때 몇 가지 고민을 한다. 제목이 가장 그렇고 시집의 첫 번째와 마지막에 놓을 시가 그렇다. 동시집 『커다란 빵 생각』에서 가장 첫 번째 놓은 시는 '겨울 나비' 다. 무작위로 뽑은 게 아니다. 시인이 작정하고 그렇게 배치한 것이다. '겨울 나비' 가 있느냐 없느냐는 중요하지 않다. 신이 있느냐 없느냐가 중요하지 않듯이. 겨울 나비가 있다고 믿는 '나' 는, 바보라고 놀리는 형의 놀림에도 불구하고 겨울 나비를 찾을 거라고 그래서 겨울 나비를 만난 '최초의 아이'가 될 것이라고 다짐한다.

『커다란 빵 생각』은 '겨울 나비'를 찾겠다는 '최초의 아이'에서 출발한다. 최초의 아이는 '겨울 나비'를 만나고, '커다란 빵 집' 속에서 집을 뜯어 먹는 '벌레 인간'이 되기를 바라고, '외로운 소매치기', '카리브 해 해적', '흉악한 현상 수배범'을 꿈꾸지만, 시집 마지막에는 돌아가신 그리운 할아버지를 향해 별에 무전을 치기도 하는 '외로운 아이'로 돌아온다. 이 세상에는 '외로운 아이'가 너무 많다.

시간: 8월 17일 밤 10시 13분
준비물: 큰 돌멩이 1, 작은 돌멩이 1

숲으로 갔다 오버
혼자였다 오버
나뭇가지에 앉아 있었다 오버
뚝 떨어졌다 오버

베개를 업어 재웠다 오버
자장가를 불러 줬다 오버
나도 누군가에게 업혀
자장가를 듣고 싶었다 오버

인형 옷을 만들었다 오버
바늘에 찔렸다 오버
별로 아프지도 않은데
오래 울었다 오버

들리는가 오버
들리면 제발,
우리 할아버지
한 번만 바꿔 줘라 오버

-「별에 무전을 친다」

요즘 '할빠', '할마' 라는 말이 유행이다. 부모를 대신해 손주를 양육해주는 '할아버지+아빠', '할머니+엄마' 의 줄임말이다. 아침 출근길에 아파트 입구나 도로변에 손주를 유치원에 보내기 위해 통학버스를 기다리는 할빠, 할마를 곧잘 목격한다. 텔레비전 광고에도 손주 양육에 골병이 드는 할빠, 할마가 등장한다. 무한경쟁의 시대, 부모가 일개미처럼 열심히 일해도 갈수록 먹고 살기가 힘들다. 빠듯하다. 부익부 빈익빈만 심화한다. 유전무죄, 무전유죄가 실감 나는 세상이다. 이유야 다양하겠지만 한 가지만 꼽자면, 소득의 분배가 공평하지 않기 때문이다. 구의역 스크린도어 사고로 목숨을 잃은 비정규직 청년 노동자의 한 달 월급은 144만 원이다. 모 기업 관리직 임원의 연봉은 15억이다. 한 달로

치면 2억 원이 넘는 월급이다.

어쨌든(!) 엄마, 아빠는 늘 바쁘고, 할빠, 할마는 허리가 휜다. 하지만 할빠, 할마의 손에 자란 아이들은 훗날 할빠, 할마를 그리워할 것이다. 별에 무전을 치고 싶을 만큼.

모든 것을 의심하라

아주아주 커다란
빵을 굽고 싶어
트럭만 한 빵,
매일 조금씩 뜯어 먹는 거야
빵에 구멍을 빵, 뚫는 거야
빵 속에 들어가 누우면
온통 빵 냄새가 나겠지
침대처럼 푹신하겠지
빵을 뜯어 먹는 거야
구멍이 점점 커져 방이 되겠지
창문도 여러 개 생기겠지
손가락 하나 까딱 안 하고
놀면서 집을 짓는 거야
빵을 뜯어 먹는 거야

벌레 인간이 되는 거야

—「커다란 빵 생각」

김개미 시인의 『커다란 빵 생각』을 정독하고 불현듯 떠오른 시가 두 편 있다. 박노해 시인의 「강철 새잎」(『참된 시작』, 창비, 1993)과 유하 시인의 「오징어」(『바람 부는 날이면 압구정동에 가야 한다』, 문학지성사, 1991)라는 시다. 어떤 이유로 이 두 편의 시가 떠올랐는지 어떤 연관성이 있는지 깊이 따지고 들면 재미없는 글이 될 것이다. 간략하게 말해서, 직관적으로 떠올랐다. 함께 읽어 보자.

저거 봐라 새잎 돋는다
아가 손마냥 고물고물 잼잼
봄볕에 가느란 눈 부비며
새록새록 고목에 새순 돋는다
오 눈부신 강철 새잎
(중략)

—박노해, 「강철 새잎」 중에서

눈앞의 저 빛
(중략)
의심하라

모오든 광명을!

– 유하, 「오징어」 중에서

'엄혹한 겨울'도 '두꺼운 껍질'도 '제힘'으로 뚫는 '강철 새잎'처럼 김개미 시인의 동시집에 등장하는 '최초의 아이'도 불가능한 세계(겨울)에서 가능성을(나비) 꿈꾼다. 강철 새잎이 새싹을 피워 봄을 부르는 것처럼, 최초의 아이도 '겨울 나비'를 발견하고 '커다란 빵'으로 멋진 집을 지을 것이다.

그러한 힘은 도대체 어디에서 나올까? 호기심이다. 즐거운 의심이다. 신나는 불신이다. '의심하라, 모오든 광명(빛)을!' 처럼 김개미 시인은 모오든 것을 즐겁게 의심한다. 어른의 말을 신나게 믿지 않는다. 세월호 참사 이후로 어른들은 아이들에게 "얘들아, 가만히 있어라!"라고 말할 수 없게 됐다. 왜냐하면, 이제 그런 말 따위는 아이들이 믿지 않으니까.

간만에 아이들이 즐겁게 신나게 읽을 수 있는 동시집을 만나게 되어 기쁘다. 한 번 더 읽어달라고 앙코르를 외쳐대는 동시라니! 그런 동시가 더 많아졌으면 좋겠다. 두 번째 동시집이 나온 지 얼마 되지 않았는데 미안하게도(?), 벌써 김개미 시인의 세 번째 동시집이 기다려진다.

우리 아이들에게 소개해주고 싶은 동시인 03

- 김희정 시인

제주도에서 불어온 따뜻한 동시

– 『고양이가면 벗어 놓고 사자가면 벗어 놓고』(김희정/청개구리/2015)

동시도 특산물이 될 수 있을까?

포항 구룡포는 과메기로 유명한 곳입니다. 겨우내 구룡포 해풍에 꼬들꼬들 여문 과메기의 맛은 미식가들의 입맛을 사로잡을 만합니다. 어느덧 과메기는 구룡포의 특산물이 되었습니다. 특산물이란 말 그대로 어떤 지역의 특별한 산물을 뜻합니다. 그곳이 아니면 제대로 얻을 수 없는 것을 말하지요. 이를테면 영덕 대게, 천안 호두, 풍기 인삼, 기장 미역, 하동 녹차, 영광 굴비, 상주 곶감, 영양 고추, 제주 한라봉 등이 그러합니다. 아이고! 떠오르는 대로 적다 보니 입에 군침이 도는 맛있는 것들만 잔뜩 골랐네요. 시장기가 도는 때라면 더욱 그렇겠지요.

이렇듯 떠올리기만 해도 쓰릅쓰릅 군침이 도는 특산물처럼 우리 동시도 어떤 지역의 특산물이 될 수 있을까요? 20여 년 전부터 제주도에 살며 제주도의 삶과 자연과 역사를 동시에 열심히 담아

내고 있는 김희정 동시인에게서 그 가능성을 찾아봅니다.

제주도에서 불어온 봄바람

이상하다.
저기 저 하얀 눈 덮어쓴 산
아직 겨울인가?

이상하다.
저기 저 붉은 꽃 노란 꽃 들판
벌써 봄인가?

한라산이 내려다보며 갸웃갸웃
들판이 올려다보며 갸웃갸웃

―「제주도의 봄」

김희정 시인을 눈여겨보게 된 것은 월간 『어린이와 문학』에 실린 「제주도의 봄」이라는 동시 때문입니다. 군더더기 없이 간결하게 제주 한라산의 아름다운 풍광과 두 계절이 한데 맞물려 있는 자연의 오묘한 조화를 수채화처럼 산뜻하게 담아낸 솜씨가 단연 돋보였습니다. 그 후 김희정 시인은 제주도의, 제주도에 의한, 제주도를 위한 동시를 선물처럼 독자에게 선보입니다.

우리 할머니
할머니의 어머니가
오름에서 나물 캐다 낳았다는데
오름에서 꽃 따고 열매 따고 놀았다는데
오름에서 말 키우고
오름에서 농사짓고
한평생 살았다는데
죽어
오름에 누웠네
물매화, 꽃향유, 섬잔대
친구 삼아 누웠네
오름 위에 작은 오름 되었네.

—「오름 위에 오름」

'오름'이란 제주도 한라산에 따른 작은 측화산(側火山) 또는 기생화산(寄生火山)을 말합니다. 측화산의 측(側)은 곁 또는 옆, 기생화산의 기(寄)는 의지하다, 붙어살다, 는 뜻이지요. 쉽게 말해 한라산의 곁 또는 옆에 의지하거나 붙어있는 산 같은 언덕, 언덕 같은 산을 오름이라고 합니다. 제주도에는 무려 368개의 크고 작은 오름이 있습니다. 그야말로 '오름이 왕국'이지요. 세상에서 가장 키가 크고 힘이 센 제주도의 설문대할망이 제주도와 육지 사이에 다리를 놓으려고 치마폭에 흙을 담아 날랐는데 그때 한 줌씩 떨어진 흙덩이들이 오름이 되었다는 재미있는 전설도 있습니다.

오름은 제주도 사람들의 오랜 삶의 터전이었습니다. 오름에 터를 잡고 밭을 일구고 말을 키우고 초가지붕을 덮었던 띠와 새를 얻기도 하였지요.

> "오름에서 말 키우고/ 오름에서 농사짓고/ 한평생 살았다는데/ 죽어/ 오름에 누웠네//"

할머니의 어머니로부터 대대로 살아온 오름에 묻혀 '오름 위에 작은 오름이 되었' 다는 마지막 시구는 역사적으로 고난과 시련이 많았던 제주도 사람들의 얽히고설킨 사연을 문학적으로 잘 승화시킨 예가 아닌가 싶습니다.

마음 낮추고 사는 제주 사람들

요즘 극장과 서점가에 윤동주(1917~1945) 바람이 불고 있습니다. 영화 『동주』가 입소문을 타고 벌써 관객 100만을 넘어섰고, 베스트셀러 목록에는 윤동주 시인의 시집이 상위에 올라 있습니니다. 윤동주 시인하면 「서시(序詩)」를 빠뜨릴 수 없지요. 오랜만에 국민 애송시 「서시(序詩)」를 함께 낭송해볼까요?

죽는 날까지 하늘을 우러러
한 점 부끄럼이 없기를,
잎새에 이는 바람에도
나는 괴로워했다.
별을 노래하는 마음으로
모든 죽어가는 것을 사랑해야지
그리고 나한테 주어진 길을
걸어가야겠다.
오늘밤에도 별이 바람에 스치운다.

–「서시(序詩)」

서시(序詩)란 책의 첫머리에 서문 대신 쓴 시를 뜻합니다. 시인이나 작가가 책을 출간하면 대개 소감이나 희망 사항, 다짐 등을 책머리에 적곤 합니다. 윤동주 시인의 서시(序詩)는 하도 유명해서 사전에 따로 올라있기도 합니다.

뜬금없이 윤동주 시인과 서시(序詩)를 인용한 까닭은 김희정 시인의 서시(序詩)를 소개하기 위해서입니다.

제주도 큰바람은 어찌나 힘이 센지

바닷물을 한 길이나 들어 올리고
방파제도 한 번에 뛰어넘지요.

제주도 큰바람은 어찌나 짓궂은지
밤새 달강달강 덜겅덜겅
창문을 흔들고
쓰레기란 쓰레기
모두 끌고 다니면서
나뭇가지에도 전깃줄에도 걸어놓지요.

그 사나운 바람에도 제주 사람들
나무 심어 달래 주고
돌담 쌓아 바람길 막고
지붕 낮추고
마음 낮추고 살지요.

—「제주도 바람」

「제주도 바람」이라는 시는 김희정 시인의 서시(序詩)입니다. 물론 책머리에 시인의 '덕분입니다, 고맙습니다' 라는 한없이 마음 좋은 사람의 착한 인사말이 있기는 합니만 위의 시는 김희정 시인의 동시가 나아갈 방향을 예측할 수 있는 중요한 시입니다.

특히,

'그 사나운 바람에도 제주 사람들/ 나무 심어 달래 주고/ 돌담 쌓아 바람길 막고/지붕 낮추고/마음 낮추고'

사는

제주 사람, 김희정 시인의 삶의 자세, 문학의 자세는 동심의 원형에 가닿기 위한 귀하디귀한 정공법이기에 그 울림과 감동이 크다고 하겠습니다. 달래고 피하고(막고) 낮추는 것이 어떻게 삶의 자세, 문학의 자세가 될 수 있냐고 반문하는 사람이 있을지도 모르겠습니다. 사람의 이기심과 편견, 오만과 위선 앞에서 달래고 피하고(막고) 낮추는 것이 어찌 미덕이겠습니까? 광활한 우주와 위대한 자연 속에 티끌 같은 존재인 우리 사람이 동심으로 돌아가기 위한 유일한 방법은 바로 제주 사람들처럼 '마음 낮추고' 사는 것이 아닐까요? 그렇다고, 옳다고, 김희정 시인이 말하는 것 같기도 하고 워낙 겸손해서 모른 척하는 것 같기도 합니다. 하지만 동시는 속일 수가 없습니다. 한두 편은 속일 수 있을지 몰라도 동시집 한 권을 통째로 속일 수는 없는 노릇이지요. 삶이라는 책이 그렇지 않은 것처럼 말입니다.

알파고가 동시를 쓴다면?

이 글을 쓰는 동안 이세돌과 알파고(구글의 인공지능 컴퓨터)의

대국이 세간의 화제였습니다. 어떤 사람은 알파고가 무섭기까지 하다고 합니다. 또 어떤 사람은 이러다 사람이 기계의 지배를 받을 날이 올 거라고 으름장을 놓기도 합니다. 무엇보다 알파고 같은 인공지능 컴퓨터가 동시를 쓰면 어떨까 하는 재미있는 상상을 한 사람도 있습니다.

자동문에
자동계단
자동 수도꼭지
자동 연필깎이
바퀴 달린 책가방까지

내 손은 무얼 하며 사나
내 발은 무얼 하며 사나
내 어깨는 어디에 힘쓰며 사나
나는 무얼 하며 사나

–「나는 무얼 하며 사나」

김희정 시인도 걱정이긴 걱정이었나 봅니다. 물론 알파고 같은 엄청난 괴물(?)을 알고 쓰지는 않았겠지요. 자동문, 자동계단, 자동 수도꼭지, 자동 연필깎이, 바퀴 달린 책가방 같은 자동화 시대에 사람의 역할, 자리를 고민하게 합니다. 어쩌면 위의 동시는 애교에 지나지 않을지 모릅니다. 사물인터넷, 드론, 무인자동차, 인공지능 컴퓨터의 발달 속도는 우리의 예상을 훨씬 앞서고 있으니까요.

사람과 기계(컴퓨터)를 구분하는 가장 중요한 능력은 '직관'과 '통찰'입니다. 쉽게 예를 들겠습니다. 길을 가는데 때 묻고 야윈 고양이가 한 마리 있습니다. 사람은 그 고양이를 보는 순간 즉시 고양이라고 압니다. 돌봐주는 곳이 없어 잘 먹지도 씻지도 못하는 가엾은 길고양이임을 단박에 알아차립니다. 하지만 기계는 그렇지 못합니다. 수많은 데이터를 분석해야 이것이 고양이인지 개인지 판단할 수 있습니다. 가엾은 길고양이인지 집고양이인지를 알기 위해서는 더 많은 시간과 데이터가 필요합니다.

징 하나
북 하나
장구 하나
꽹과리 하나씩인데

따그닥 따그닥
뚜드락 뚜드락
천 마리 말이 달리는 소리
만 마리 말이 달리는 소리

—「사물놀이」

흥겨운 사물놀이를 보며 시인은 그 속에서 천 마리 말이 달리는 소리, 만 마리 말이 달리는 소리를 듣습니다. 징, 북, 장구, 꽹과리가 어우러져 쏟아내는 신명 나는 소리에서 시인은 천 마리, 만 마리 말 달리는 소리를 듣습니다. 직관과 통찰, 나아가 상상력은 사람의 고유한 능력이자 권한입니다. 알파고에게 사물놀이는 그저 수많은 음성데이터의 집합일 뿐이겠지요.

지각 대장
싸움 대장
우리 반 한별

욕 잘하고
잘 할퀴고
우리 반 한별

시장에 가다 슬쩍 보니
야채 파는 제 할머니 옆에서
양파 까고 있더라.

고양이가면 벗어 놓고
사자가면 벗어 놓고
매운 눈 비비면 양파 까더라.

–「고양이가면 벗어 놓고 사자가면 벗어 놓고」

동시집에는 으레 아이들이 등장합니다. 김희정 시인의 동시집도 예외는 아닙니다. 제주에도 아이들이 있을 테니까요. 교실에서는 지각 대장, 싸움 대장, 문제아지만 시장 야채 파는 할머니 옆에서는 어엿한 집안의 일꾼입니다. 시인은 한별이가 가면을 쓰고 있다는 것을 꿰뚫어봅니다. 할머니와 사는 한별이가 교실에서는 왜 가면을 쓰는지 헤아려 짐작하는 것이지요. 알파고가 아무리 뛰어난 인공지능 컴퓨터라지만 한별이의 마음을 헤아리는 것을 불가능할 겁니다. 그러니까 시인이나 작가를 꿈꾸는 친구들이 있다면 더는 걱정하지 말라고 전해도 되겠지요?

초여름
벚나무 숲길을 거닐자니
버찌들 뛰어내린다.
마음 단단히 먹고
두 눈을 꼭 감고
뛰어내린다.
더 크고 더 멋진 벚나무로 태어나려고
풀숲으로
풀썩
긴 여행을 떠난다.

—「버찌가 떨어질 때」

김희정 시인의 동시는 잘 여문 '버찌' 처럼 군더더기가 없습니다. 간결하고 단순하지만 그 속에 담긴 의미는 깊고 넓습니다. 대상을 바라보는 따뜻한 시선과 제주도 오름처럼 부드러운 곡선의 모성이 동시집 전체를 감싸고 있습니다.

앞에서 '동시도 특산물이 될 수 있을까?' 라는 물음은 앞으로 그렇게 되기를 바란다는 뜻입니다. 동시집 1부에 실려 있는 제주도 관련 동시에서 그 가능성을 봅니다. 아직 동시라는 그릇에 담지 못한 제주도의 삶과 자연과 역사가 무궁무진하다고 생각됩니다. 김희정 시인은 2000년에 등단하여 자그마치 16년 만에 첫 동시집을 세상에 선보였습니다. 한 편 한 편 연필로 꾹꾹 눌러쓴 듯 동시 편편이 단단하기에 앞으로가 더 기대됩니다.

모쪼록 제주도 특산물로 김희정 시인의 '제주 동시' 가 입소문을 타고 뭍으로 불어오기를 고대해봅니다. 제주도에서 불어오는 따뜻한 봄바람처럼 말입니다.

우리 아이들에게 소개해주고 싶은 동시인 04

- 송명원 시인

산골에서 보물찾기

– 『짜장면 먹는 날』(송명원/크레용하우스/2016)

울퉁불퉁하지만 작고 단단한 열매

경북 봉화의 산골 작은 학교에 근무하며 틈틈이 아이들에게 시를 지도하던 송명원 선생이 2013년 봄, 『내 입은 불량 입』이라는 어린이 시집을 묶어냈다. 남회룡분교(현재는 폐교), 북지분교, 수식분교 아이들이 쓴 시 60편이 실려 있는데, 박혜선 시인의 추천사처럼 "시가 친구고, 시가 가족이고, 시가 학교고, 시가 꿈이 되어 훨훨 날아오른다. 부서지는 햇살만큼 눈부신 언어들. 뭉클하고 따뜻하고 사랑스러워 눈을 뗄 수가 없"는 근래 찾아보기 힘든 천진난만(天眞爛漫)한 어린이 시집이다.

책머리에 "멋지고 크고 훌륭한 열매보다는 울퉁불퉁하지만 작고 단단한 열매를 담았다"라고 썼는데, 이는 송명원 선생의 교육철학이자 삶과 문학을 바라보는 중요한 가치관이다. 교단이든 문단이든 얼굴도장 찍기에 급급하여 달면 삼키고 쓰면 뱉는 '불량

입' 들이 얼마나 많은가! 이런 세상에, 내륙 깊숙한 산골에서 아이들과 동고동락하며 귀하디귀한 동심의 텃밭을 가꾼 송명원 선생에게 아낌없는 격려를 보내고 싶다. 머리를 몇 번이고 쓰다듬어주고픈 산골의 꼬마 시인들도 함께 말이다.

여담이지만, 송명원 선생과 나는 같은 대학 같은 과를 나왔다. 대학 시절에도 그는 정직하고 성실한 학생이었다. 교편을 잡은 지 십수 년이 지났지만, 송명원 선생은 한결같은 모습이다. 2011년 동시 「고층 아파트」 외 11편으로 제9회 푸른문학상 '새로운 시인상' 에 당선되면서 그는 본격적으로 동시를 쓰기 시작했다. 그런 그가 첫 동시집을 냈다. 봉화 산골 흙냄새 그윽한 참살이 동시집이다. 삶과 아이들을 바라보는 정직하고 성실한 그의 시선을 따라가 보자.

잘 들여다보면 언제나 새로운 곳, 산골 마을

송명원 시인은 책머리에 고 임길택 선생의 동시집 『탄광 마을 아이들』(실천문학, 1990)을 읽고 처음 동시에 관심을 가졌다고 고백한다. 한국 아동문학사에서 『탄광 마을 아이들』의 영향은 크고 넓다. 이성복 시인의 시집 『뒹구는 돌은 언제 잠 깨는가』(문학과지성사, 1980)처럼, 박노해 시인의 시집 『노동의 새벽』(풀빛, 1984)처럼, 김승옥 작가의 소설 『무진 기행』(사상계, 1964년)처럼, 임길택 선생의 『탄광 마을 아이들』은 많은 사람에게 충격과 감동을 준 동시집이다.

(중략)
폐에 박힌 석탄가루들이
아버지의 숨을 가쁘게 하고
우리 식구들은
조금씩 나오는 보상금으로
쌀도 사고
우리들 학교도 가야 한대요

아버지를 죽이면서
우리 식구
살아가야 한대요

– 임길택, 「아버지를 죽이면서」 중에서

고백하건대, 『탄광 마을 아이들』을 읽고 눈물을 흘린 적이 있다. 먹먹하다가 울컥하다가 나도 모르게 눈물이 핑 돌았다. 우리 아버지도 연탄 공장에서 오래 일하셨다. 초등학교 2학년 땐가, 탄가루 뒤덮인 야적장으로 도시락 배달을 다니곤 했다. 미세한 탄가루 때문에 한쪽 귀가 들리지 않던 아버지와 내가 『탄광 마을 아이들』에 여전히 살고 있었다. 송명원 시인이 받은 감동에 충분히 공감한다. 『탄광 마을 아이들』을 읽고 어린이문학을 다시 보게 되었으니까.

'삶을 가꾸는 글쓰기 교육'을 주창한 고 이오덕 선생도, "이 시집은 오늘날 우리 아이들이 죄다 잃어가고 있는 순박한 삶과 마음을 용하게 잘도 찾아내어 보여주고 있다. 이는 시인이기 이전에 탄광마을과 산골 학교에서 아이들과 더불어 살아가는 훌륭한 교육자로서의 지은이만이 쓸 수 있는 시요, 몸으로 살아가는 창조의 세계라 하겠다. 온 산천이 새까맣고 마을도 길도 새까만 곳, 모두가 떠나고 얼굴 찌푸리며 지나가는 땅, 그곳에서 가난하지만 정직하고 힘겹지만 따뜻한 삶을 꾸려가는 아이들이야말로 세상의 꽃이요 빛이 아니겠는가."라며 추어올렸다.

송명원 시인도 봉화 산골 학교에 첫 발령을 받아 지금까지 줄곧 산골 아이들과 더불어 살아왔다. 그는 "산골 아이들의 모습은 멀리서 보면 항상 같아 보이지만, 들여다보면 언제나 새롭다"고 말한다.

아빠가 편하게 농사 못 짓게
놀린 죄!

블루베리 나무 여기저기서
노닌 죄!

잘 익은 블루베리를
노린 죄!

“네 죄를 알렸다.”

나뭇가지로 콕 집어
깡통 감옥에 가두니

으악! 이게 뭐야?
숨도 못 쉬게 내 코를 찌른
노린재

–「노린재」

도시 아이들에게 ‘노린재’는 실재하는 것이 아니다. 곤충도감에서나 우연히 한 번쯤 보는 곤충이다. 봉화 산골 마을에 사는 아이들에게 ‘노린재’는 아빠의 농사를 괴롭히고, 귀한 블루베리를 노리는, ‘나뭇가지로 콕 집어 깡통’에 넣어야 하는, 삶에 생생하게 실재하는 곤충이다.

‘놀린 죄’, ‘노닌 죄’, ‘노린 죄’가 ‘노린재’와 비슷하게 읽히는 게 재미를 더하는 동시다. 물론, 아빠를 돕기 위해 깡통과 나뭇가지를 들고 블루베리 농장에서 노린재를 잡는 아이의 모습이 눈에 선하다.

도시 아이들이 아빠 엄마를 돕는 길은, 학원 잘 다니고 공부 열심히 하는 것뿐이다. 아빠도 엄마를 도울 수 없고, 엄마도 아빠를 도울 수 없다. 아파트의 월요일 아침 풍경을 떠올려 보라. 뿔뿔이 흩어져 서로가 각자의 길을 헐레벌떡 갈 뿐이다. 옆집에 누가 사는지 모르고 사는 건 이제 익숙하다. 이사를 오가도 짐만 오르락내리락하고 사람은 보이지 않는다. 단절되고 분리된 모래 알갱이의 삶이다. 도시는 거대한 모래밭이다.

반면에, 시인이 사는 산골 마을은 여전히 끈끈한 연대(連帶)와 공동체가 존재한다.

"우리 집에 여섯 시까지 저녁 드시러
꼭 오셔야 돼요, 꼬옥!"

저 위쪽 집 대구 할아버지한테 뛰어갔다가
감자 캐는 영식이 할머니한테 뛰어갔다가
민섭이 아재네 비닐하우스에 들렀다가
오는 길에 재구 삼촌네 축사까지 갔다.

아빠 엄마 나
세 그릇 가지고는 배달 못 한다는
중국집 아저씨의 말에
우리 동네 일곱 명 모두 우리 집에 모았다.

“이리 모인 것도 오랜만이네 그려.”
“오늘 무슨 날인가벼? 읍내 짜장면이 여그까지 오고.”
“이게 다 우리 현수 덕분이여, 현수.”

동네 사람들의 칭찬 들으며
후루룩후루룩
짜장면 그릇 제일 먼저 비웠다.

-「짜장면 먹는 날」

우리 가족과 대구 할아버지, 영식이 할머니, 민섭이 아재, 재구 삼촌까지 모두 모여 짜장면을 먹는다. 멀리 읍내에서 배달된 불어터진 짜장면이지만, ‘칭찬’과 ‘덕담’과 ‘안부’를 주고받으며, 이웃사촌이 함께 모여 저녁을 먹는 산골 풍경이 참으로 살갑게 느껴진다.

그럼에도 우리 아이들이 자라나 살아갈 가까운 미래를 장밋빛으로 전망하기에는 세상이 너무 암울하다. 혼자 사는 ‘1인 가구’가 전체 가구 수의 절반을 넘어섰고, ‘혼밥’(혼자 밥 먹기)이 만연하고, 텔레비전에는 온통 ‘먹방’(먹는 방송)이 유행한다. 구글의 ‘알파고’를 기점으로 사람을 대신해서 인공지능 로봇이 금융, 의료, 상담 분야에서 벌써 활약 중이다.

과연 우리는, 우리 아이들은, 앞으로 어떻게 살아가야 할까? 인문학자 김경집 교수는 그 대안으로 ‘연대(連帶)’를 강조한다. 연대란, 한

덩어리로 뭉치는 거나 공동으로 책임을 지는 것을 뜻한다. '나'와 '우리'가 아픈 원인은 사회 구조에 있으니 마을마다, 아파트마다 '연대'를 통해 '공동체'를 꾸리고 모두 함께 힘을 모아 부조리한 사회 구조를 개선해나가야 한다는 것이다.

그런 의미에서, 송명원 시인의 『짜장면 먹는 날』은 끈끈한 연대와 따뜻한 공동체를 발견할 수 있는 보물 같은 동시집이다.

저 아래
본희 집부터
저 위쪽
순호 집까지
온 동네 사람들 모여
쓰레기를 치운다.

병
비닐
맥주캔
빈가스통
나무젓가락
아기똥기저귀
끈떨어진슬리퍼
개울가에 버려진 쓰레기가 세 트럭

도시 사람들이 버리고 간
지난여름을
주워 담는다.

–「개울 청소」

봉화 산골은 청정지역이라 사시사철 많은 관광객이 찾는다. 특히, 여름휴가 때는 계곡이며 하천, 개울이 쓰레기로 몸살을 앓는다. 도시에서 쓰레기 수거 및 청소는 담당 구청이나 환경미화원의 몫이다. 하지만 산골에서는 다르다. '온 동네 사람들'이 모여 쓰레기를 치운다. 아이, 어른, 어르신 할 것 없이 청소도구를 들고나와 내 일처럼 함께 쓰레기를 줍고 담고 옮긴다. 도시 사람들이 버리고 간 '지난여름'은 쓰레기가 세 트럭이나 된다. 어마어마한 양의 쓰레기에 냄새는 또 얼마나 고약할까. 산골 마을 사람들의 '연대'가 아니라면 '청소'는 도저히 불가능한 일이다.

시(詩)와 동시(童詩) 사이

앞서 밝혔듯이, 『짜장면 먹는 날』의 가장 큰 미덕은 우리가 지켜나가야 할 소중한 공동체의 가치를 찾아내고 성실하게 표현한 데 있다. 십수 년 넘게 봉화 산골에 살면서 아이들의 말에 귀 기울이고, 삶을 함께했기에 이만큼 건실한 시편들을 세상에 선보일 수 있었을 것이다.

유연한 착상과 구성이 돋보이는 「비야, 내려라!」, 정직한 산골 농부의 목소리가 들리는 듯한 「솔직한 현수막」, 도시 사람들의 이중성을 꼬집은 「시골 인심이 변한 이유」, 「우리 집 농산물」 등도 함께 읽고 이야기할 만하다. 다만, 동시집을 읽고 전체적으로 아쉬운 점이 있어 「첫눈」이라는 시를 아래에 인용해본다.

아직
콩 타작도 안 했는데
깨도 못 털었는데
밭에 무도 그대로 있고
배추는 언제 다 뽑나
시래기도 말려야 되고
김장도 해야 하고
연탄도 들여야 되는데…….

첫눈이 내립니다.
그것을 바라보는 할머니 눈 속에
슬금슬금
걱정이 첫눈처럼
내립니다.

– 「첫눈」

『짜장면 먹는 날』에는 모두 52편의 동시가 실려 있다. 모든 작품이 들쭉날쭉하지 않고 일정한 수준을 유지하고 있다. 문제는 대부분의 시편이 「첫눈」처럼 조숙한 또는 시를 잘 쓰는 착한 어린이 시의 범주에 머물고 있다는 점이다. 아울러, 동시 52편이 두 세 유형으로 비슷하게 읽히는 것도 못내 아쉽다.

동시도 문학이다. 사물과 현상을 새롭게 봐야 한다. 산골 마을이라는 '관습'에 젖지 말고 그 속에서 새로운 진실을 찾아야 한다. 절대로 쉬운 일은 아니다. 하지만, 송명원 시인의 끈기와 성실함이라면 앞으로 독자에게 재미와 감동을 주는 동시를 쓸 것으로 믿는다. 첫 동시집을 낸 송명원 시인에게 다시 한번 격려와 축하를 보낸다.

우리 아이들에게 소개해주고 싶은 동시인 05

- 박해정 시인

조선 이야기 할머니의 귀환

– 『넌 어느 지구에 사니?』(박해정/문학동네/2016)

제4회 문학동네 동시문학상 대상을 받은 박해정 시인의 동시집 『넌 어느 지구에 사니?』을 읽고 한동안 기시감에 사로잡혔다. 분명히 어디선가 들어본 목소리였고 익숙한 분위기였다. 그러다 불현듯, 오래전에 돌아가신 외할머니가 떠올랐다. 그랬다. 박해정 시인의 동시는 돌아가신 외할머니의 이야기와 많이 닮아 있었다. 두메산골에 살던 유년기에 외할머니에게서 들었던 수많은 옛이야기들이 박해정 시인의 목소리를 통해서 되살아났다. 그동안 사느라 바빠서 잊고 있었던 그리운 외할머니의 음성과 손길이 박해정 시인의 동시집『넌 어느 지구에 사니?』에 오롯이 담겨 있었다. 그 옛날의 외할머니가 다시 살아서 돌아온 느낌이었다. 박해정 시인이 혹시라도 칠순이나 팔순쯤 되는 할머니 시인인가 했더니 그것도 아니었다. 도대체 이런 예외적인 개성은 어디서 나온 걸까? 박해정 시인의 말에서 그 실마리를 찾았다.

“아무리 양동마을이라도 부엌은 대부분 현대식으로 꾸며져 있어요. 그런데도 저는 부엌에 아궁이가 있는 집에 살게 되었어요. 그 앞에 서니까 저절로 어릴 때 부르던 동요가 생각났어요. “엄마야, 엄마야, 엉덩이가 뜨거워.” 하는 노랫소리가 귓전에 맴돌고, 그래, 조선 시대라고 생각하고 한번 살아 보자, 라고 맘먹었을 뿐인데 신기하게 옛이야기가 하나둘 떠오르기 시작했어요. 그래서 「엄마랑 호랑이랑 떡이랑」 「신기동 아줌마」 같은 옛이야기에서 시작한 시도 쓸 수 있었어요.”

박해정 시인이 사는 곳은 경주 양동마을이다. 양동마을은 2010년 7월 31일 34차 세계유산위원회에서 유네스코 세계유산으로 등재되었다. 한국의 씨족 마을은 조선시대 초기에 형성되어 조선 후기에는 전체 마을의 약 80%를 차지하는데 오늘날까지 그 명맥을 유지하고 있는 곳이 바로 양동마을이다. 양동마을은 종택, 살림집, 서원과 서당, 농경지와 자연경관뿐만 아니라 의례, 놀이, 예술품 등 수많은 정신적 유산의 보고이다. 유서 깊은 500년 조선의 마을, 양동마을에 바로 박해정 시인이 살고 있다. 그뿐인가? 아궁이가 있는 집에서 ‘조선 시대라고 생각하고 한번 살아 보자!’ 라고 맘먹은 시인이 아니던가? 유서 깊은 500년 조선의 마을, 양동마을에서, 조선 시대라고 생각하며 사는, 조선 시대에서 온 박해정 시인의 동시를 지금 만나보자.

조선오이는
까칠까칠하게 살아 있고
조선호박은
아예 엉덩이 퍼질러 앉아
큰소리 떵떵 치고
조선간장은
슈퍼에 진을 치고 있어.
조선 팔도에서
이렇게 눈을 부릅뜨고 있는데
어떻게 조선이 사라지겠어?

–「아직 조선은 사라지지 않았어」

장사한 지 백 년이 되었다는
우리 동네 백년점방
문을 닫고 어둑해지면
그 옆에 착 붙은 버드나무가
머리를 풀어헤치고
손톱을 디밀며
흐흐흐, 난 더 오래 살았다!
이렇게 외치는 거 있지.

–「백년점방」

박해정 시인은 2015년 『동시마중』 5 · 6월호를 통해 등단했다. 박해정 시인을 추천한 이안 시인은 한 눈에 '물건' 임을 알아보았다고 한다. 자신만의 목소리를 가진 동시인임을 알아본 것이다. 박해정 시인은 아이들이 커가면서 서울살이를 접고 경주 양동마을로 내려왔다고 한다. 양동마을에는 수많은 조선 시대의 양반 가옥과 초가 160호가 모여 있다. 500년이 넘은 양동마을 집집마다 얼마나 많은 사연과 이야기가 켜켜이 쌓여 있을까? 박해정 시인은 유서 깊은 양동마을의 이웃들과 삶을 공유하면서 그 속에서 자신만의 목소리를 가다듬고, 동시의 물꼬를 트기 시작했다고 고백한다.

'조선오이', '조선호박', '조선간장' 이 아니더라도 이 땅에「아직 조선은 사라지지 않았어」라는 주장은 유효하다. 역사는 "과거의 현재의 끊임없는 대화"라고 E.H. 카는 말했다. 역사란, 현재와 과거 사이에 끊임없이 이루어지는 해석과 상호 작용의 산물이란 뜻이다. 그런 의미에서 우리에게 '조선' 은 단순한 과거가 아니다. 더욱이 시인의 삶의 터전인 양동마을은 수많은 옛이야기를 간직한 동시의 곳간이다. 밤마다 버드나무가 머리를 풀어헤치며, 손톱을 디밀며 "흐흐흐, 난 더 오래 살았다!"라는 외침을 들을 수 있는「백년점방」은 양동마을이 아니면 쉽게 얻기 어려운 동시이다.

언덕 위에는 욕쟁이 할매가 살고

오솔길 아래에는 땔감 부자가 살고
호두나무 집에는 오금 할매와 착한 아들이 살고
대문 앞에는 오디가 다닥다닥 붙어 살고
은행나무길 오르막 집에는
사나운 개가 살고
돌담 귀퉁이에는
양귀비꽃이 숨어 살고
육백 년도 넘은 향나무는
바깥채 너머까지 향을 풍기며 살고
고래 등같이 큰 집 한 방을
떡하니 차지한 항아리들은
배를 두드리며 살고
힘센 먹골 할매는
동네일을 도우며 살고
옛이야기 잘하는 경산 할매는
도랑물 또랑또랑 흘려보내는 대나무밭 옆에 살고
만드는 걸 잘하는 경식이 아저씨는
산자락에 살지.

눈을 감아도
우리 동네 집들
훤하다.

휜해.

–「우리 동네 약도」

오늘은 양동마을 우리 집 초가
머리하는 날이지요.
초가지붕에 오른 이발사들
모락모락 입김 피워 내며
얽히고설킨 박 넝쿨도 걷어 내고
박꽃처럼 피었던 배드민턴공이랑
언젠가 지붕 위로
날려 버린 부메랑도 돌려주지요.
묵은 이엉 걷어 낸 이발사들이
인디언 치마 같은 새 이엉에
따스한 햇살 한 줌 넣어
토닥토닥 덮어 주면
집 나간 참새들도
포르르 날아드네요.
처마 밑으로 삐쭉빼쭉 나온 머리카락은
가지런히 잘라 내고
용마루에 솔잎 핀 찔러 주면
초가 머리 손질은 끝!
마지막으로

집이 방긋 웃는지 확인한 뒤에야
이발사들은 돌아서지요.

내일은 오석이 집이
머리하는 날이랍니다.

–「이엉 올리는 날」

대한민국 어디를 가면, '욕쟁이 할매', '땔감 부자', '오금 할매와 착한 아들', '육백 년 넘은 향나무', '힘센 먹골 할매', '옛 이야기 잘하는 경산 할매'가 모두 모여 사는 곳에 다다랄 수 있을까? '묵은 이엉 걷어 내고/ 인디언 치마 같은 새 이엉에/ 따스한 햇살 한 줌 넣어/ 토닥토닥 덮어주는' 이런 착한 이발사들은 어디에 가야 만날 수 있을까? '동막골'은 현실에 존재하지 않는 이상향일 뿐이다. 하지만 박해정 시인에게 양동마을은 과거와 현재가 끊임없이 대화하고 소통하며 어우러진 생생한 삶의 터전이자 「이엉 올리는 날」처럼 '연대'가 가능한 지금, 이곳에, 실재하는 이상향 같은 곳이다. 그렇다고, 박해정 시인이 양동마을이라는 안정된 공간에만 사로잡혀 있는 것은 아니다. 동시집에서 양동마을이 차지하는 비중은 크지만, '양동마을' 바깥의 세상에도 시인의 눈길은 깊이 가닿아 「신 어벤저스」처럼 도시에 사는 인물군상의 이면을 재치 있게 파헤치거나 「넌 어느 지구에 사니?」처럼 도시화, 산업화를 거친 기성세대의 욕망에 일침을 놓기도 한다.

조금만 세상을 눈여겨본다면
어디서든 신 어벤저스가
촬영 중이라는 걸 알 수 있지.
쌀자루 같은 건 거뜬히 들어 올리는 헐크,
차 똥구멍까지 꼼꼼하게 살피는
아이언맨 정비소 아저씨,
휭 하고 집과 집 사이를 날아다니는
스파이더맨 택배 아저씨도 있지.
시켜만 준다면 뭐든 할 수 있어!
인력원 앞에는 팔짱을 낀 채
배역을 기다리는
블랙위도,
호크아이,
토르도 보이지.
통닭을 실은 캡틴아메리카가
밤늦도록 도로를 질주하는 건
아직 촬영이 끝나지 않았다는 거야.

–「신 어벤저스」

원래 사람들은 지구에서 농사를 지었지. 호미와 삽을 던진 사람들이 일자리를 찾아 나서면서 이 이야기는 시작돼. 여러분도 알다시피 공장은 쉬지 않고 모락모락 꽃을 피웠거든. 공장 주변도 이때부터 바빠졌어. 기차가 생기고 학교가 생기고 문구점이 생기고 시장이 생기고 은행이 생기고 경찰서가 생기고 병원이 생기고 구멍가게와 미용실이 생겨났어. 그사이 집을 짓는 사람, 집을 부수는 사람, 청소를 하는 사람도 생겨났지. 새로 생긴 아파트는 더 많은 사람들을 끌어모았어. 산과 강에서 나무나 돌멩이도 끌어왔어. 지구는 점점 비대해졌지. "지구가 더 필요해." 모두가 외쳤어. 지구가 무거워져서 뻥 터지겠다며 아우성을 쳤어. 그래서 서울 세곡지구, 인천 청라지구, 대전 판암지구, 광주 수완지구, 부산 정관지구, 포항 양덕지구, 김해 장유지구…… 지구 위에 수많은 지구가 생겨났던 거야. 넌 그 많은 지구 중에 어느 지구에 살아?

－「넌 어느 지구에 사니?」

이처럼 '양동마을'이라는 이상향에서 건져 올린 풍성한 옛이야기들과 끈끈한 연대의 경험들은 박해정 시인만의 독특한 목소리로 다시 태어났다. 심사평에서 "기발하고 파격적인 상상력이 단연 압권(안도현 시인)", "튼튼하고 건강한 문학적 역량(권영상 시인)", "사회 · 역사적 상상력의 가능성(이안 시인)"을 보여줬다는 평가를 받은 『넌 어느 지구에 사니?』는 분명 우리가 기억해야 할 동시집이다.

박해정 시인의 동시를 읽으면서 가장 환하게 빛났던 지점은 '이야기'로서의 동시였다. 「엄마랑 호랑이랑 떡이랑」, 「신기동 아줌마」, 「백년점방」, 「달 토끼를 보았다면 묶인 개도 보았을 테지」와 같은 시편들에선 조선 이야기 할머니가 우리 곁으로 돌아온 것 같은 느낌을 받았다.

유네스코 세계문화유산으로 등재된 양동마을의 역사적 · 문화적 가치는 무궁무진하다. 그곳에서 오래된 새로움으로 자신만의 동시를 쓰고 있는 박해정 시인의 다음 이야기가 무척 기대된다. 어릴 때 외할머니의 품에서 들었던 숨 넘어 가는 이야기들, 까슬까슬하면서도 포근했던 손길, 화로에 구워주시던 군밤과 고구마의 맛을 어떻게 잊을 수 있겠는가.

무조건, 조선 이야기 할머니의 귀환을 두 팔 벌려 환영한다.

우리 아이들에게 소개해주고 싶은 동시인 06

- 권오삼 시인

동시 장인(匠人)의 열 번째 동시집

– 『나무들도 놀이를 한다』(권오삼/열린어린이/2016)

숫자 10의 의미

숫자마다 의미가 있다. 그중에 10은 각별한 숫자다. 숫자 10은 10진법의 전환점이 되는 숫자이다. 1+2+3+4를 하면 10이 된다. 이때 1은 점, 2는 선, 3은 면, 4는 공간을 뜻한다. 10은 완전수로 1로의 회귀를 상징한다. 10은 양손의 열 손가락을 기초로 나온 숫자이며, 모든 계산의 기본이면서 '완성'을 의미한다.

그리스 영웅 오디세우스는 9년간의 방랑을 끝내고 10년째 고국으로 돌아온다. 트로이는 9년간의 포위를 견디다 10년째에 함락되었다. 10은 여행의 완성이면서 동시에 처음으로의 회귀를 뜻한다. 중국에서 숫자 10은 滿(찰 만)을 의미한다. 목표를 달성한다는 뜻이다.

한국 아동문학에서 동시인하면 대표적으로 손꼽히는 권오삼 시인이 열린어린이에서 열 번째 동시집을 냈다. 완성이면서 동시에 처음으로의 회귀를 뜻하는 열 번째 동시집이다. 권오삼 시인은 1943년 경북 안동에서 태어났다. 1975년 월간문학 신인상에 「오월」이, 1976년 소년중앙문학상에 「그네 타는 아이」가 각각 당선되면서 작품 활동을 시작했다.

권오삼 시인의 1975년, 1976년 등단작을 찾느라 손품을 팔았다. 여기서 잠시 권오삼 시인의 등단작을 감상해보자.

오월의 햇살은
곰실곰실
용마루에서 피어오르다,
기왓골을 타고
눈 따가운 빗물로
곤두박질치며 좌르르 쏟아져 내리다,

훌쩍, 나뭇잎 푸른, 푸른 몸매로 앉아
바람에 장단 맞춰 일렁이며 몸짓하다가
어느새, 산마다 들마다
아, 미친 듯 마구 불을 질러
활활 타오르는 푸른 불길.
이제 푸른 불길은
그림을 그리는
아이의 눈 속에서도, 손끝에서도

마구 일고 있다.

–「오월」, 월간문학, 1975년

두 손으로
꼬옥
그넷줄을 잡고
발판에 힘을 주어
바람을 차면

그네는
바람 안은 연

쑤욱
공중으로 솟아올라
푸른 하늘이 다가들고
담장 너머 집들이
언뜻
눈 아래 선다.

올라가면 내려오고
내려가면 올라가고

아이는
한 마리 힘찬 제비

팽팽한 그넷줄을
당길 때마다
바람이 와 걸려

바람을 차며
쑤욱 쑥
하늘을 오른다.
휘익 휙
하늘을 난다.

-「그네 타는 아이」, 소년중앙, 1976

권오삼 시인이 40년 전에 쓴 등단작을 굳이 소개한 까닭은 열 번째 동시집이 현재에 갖는 각별한 의미 때문이다. 완성이면서 동시에 처음으로의 회귀를 뜻하는 숫자 10인만큼 자신의 이름을 걸고 세상에 처음으로 발표한 동시와 오늘날의 동시를 비교해보는 것도 충분히 값어치 있는 일이라 생각된다.

동시 「오월」은 생생한 이미지가 돋보인다. 오월의 눈부신 햇살을 빗물과 몸짓과 불길로 강렬하게 형상화했다. 동시 「그네 타는 아이」는 어디 한군데 걸리는 데가 없이 리드미컬하게 읽히면서도, 그네를 '바람 안은 연', 그네 타는 아이를 '한 마리 힘찬 제비'로 적절하게 비유했다. 두 편 모두 훗날 동시 장인으로서 삶을 예고한 등단작이다.

나는 2000년대의 신인이고, 문학청년이다

2016년 현재까지 권오삼 시인이 낸 동시집을 정리하면 다음과 같다.

1. 『강아지풀』(교음사, 1983)
2. 『가시철조망』(큰나무출판사, 1995)
3. 『물도 꿈을 꾼다』(지식산업사, 1998)
4. 『고양이가 내 뱃속에서』(사계절, 2001)
5. 『도토리나무가 부르는 슬픈 노래』(창비, 2001)
6. 『아낌없이 주는 나무들』(지식산업사, 2007)
7. 『똥 찾아가세요』(문학동네, 2009)
8. 『진짜랑 깨』(창비, 2011)
9. 『라면 맛있게 먹는 법』(문학동네, 2015)
10. 『나무들도 놀이를 한다』(열린어린이, 2016) 순이다.

이번에 『나무들도 놀이를 한다』동시집 서평을 쓰기 위해 권오삼 시인의 작품론이나 작가론을 구석구석 찾아보았다. 여느 동화작가들을 연구한 논문이나 자료는 많았지만, 권오삼 시인을 연구한 자료는 턱없이 부족했다. 다행히 권오삼 시인의 삶과 문학을 조망할 수 있는 몇 편의 대담자료가 있었는데, 흥미로운 대목이 많았다.

권오삼 시인은 2004년 어린이문학협의회 누리집에 "나는 2000년대의 신인이고, 문학청년이다."라고 선언한다. 그전까지 다섯 권의 동시집을 냈으면서도 권오삼 시인은, "나는 문학 공부를 아주 많이 해야 하는 사람이고, 문학청년이 가지는 열정이라든가 순수성도 잃지 않으려고 노력하는 사람입니다. 사실 지금도 시를 쓰면서 시가 무엇인지 제대로 알지도 못하고 있습니다."라고 고백한다.

권오삼 시인은 70년대에는 초등학교 교사로, 80년대에는 자영업으로, 90년대 후반부터는 사업을 접고 동시 쓰기에 전념했는데, 그의 시세계를 2000년 전과 후로 나눌 수 있는 것은 동시의 형식과 내용에 대해 처음부터 다시 치열하게 고민하고 탐구하고 실험했던 시기가 바로 그때였기 때문이다.

2001년에 출간한 동시집 『고양이가 내 뱃속에서』중에서 「빗방울 1」이라는 동시를 한 편 감상해보자.

어, 어
나뭇잎에 떨어졌네!

어, 어
전깃줄에 걸렸네!

그럼
어디 한번
매달려 볼까?

대롱대롱대롱

아이고
힘 빠졌다

톡-.

–「빗방울 1」

제12회 방정환 문학상 수상작 중에 한 편인 「빗방울 1」은 참신하고 감각적인 표현으로 이전의 시에서 종종 보였던 과도한 시인의 목소리(메시지)가 주는 중압감에서 멀리 벗어나 있다. 어느 대담에서 권오삼 시인은 자신에게나 아동문학을 공부하는 사람들에게나 중요한 말을 남긴다. 「빗방울 1」을 비롯하여 2000년 이후, 권오삼 시인의 순수하고 재미있는 동시가 어떻게 쓰였는지 충분히 짐작할 수 있는 대목이다.

"우리가 '동시란 무엇이냐' 고 할 때, 첫째는 어린이의 눈과 마음으로 사물이나 세계를 본다는 것이고, 둘째는 어린이의 마음, 감정, 생활 세계를 표현한다는 것이고, 셋째는 시인이 어린이를 위해서 준다, 라고 이렇게 세 가지로 규정할 수 있는데, 이제까지 나는 '시인이 어린이에게 주는' 그런 쪽의 시를 썼다는 것이지요. '준다' 는 것은 곧 시인의 목소리로 이야기를 한다는 것이 아닙니까? 그러나 '어린이에게 준다' 는 것을 빼 버리고 '어린이의 눈과 마음으로 세계를 보자' 하면 또 달라진단 말이에요. 어린이의 눈과 마음으로 사물이나 사건, 현상을 보자는 거지요. 이렇게 되면 모든 게 달라진다는 거지요. 어린이의 눈과 마음으로 사물을 보려고 하니까 어린이 마음을 갖게 됐어요. 순수한 마음으로 사물을 보는 눈을 갖게 된 셈이지요."

언젠가는 어른이 될 아이들에게 바치는 동시집

권오삼 시인의 열 번째 동시집 『나무들도 놀이를 한다』에도 「빗방울 살려」라는 동시가 실려 있다. 「빗방울 1」과 비교하면서 읽어보는 것도 재미있다.

어이쿠! 야단났네!

어! 어어! 어어!

솔잎 가파른 길을 정신없이 쭈르르
미끄러지던 빗방울

앗! 낭떠러지다!

빗방울 살려!

솔잎 끝에 대롱대롱-

-「빗방울 살려」

동시집 『나무들도 놀이를 한다』 서문에 권오삼 시인은 "언젠가는 어른이 될 아이들에게, 예전에는 아이였던 어른들에게, 또 한 권의 동시집을 바칩니다."라고 썼다. 40년 동안 권오삼 시인은 동시 외길만을 걸어 이제 한국 동시문학의 장인(匠人)이 되었다. 이번 동시집에도 동시 장인으로서의 기품과 순수한 동심으로서의 시세계를 잘 담아냈다.

부슬부슬
찬비 내리는
산책길 쉼터 긴 의자에

버려진 강아지처럼
쓰러져 누워 있는
빈 페트병
옆에는
빨대 물고 고양이처럼
오도카니 앉아 있는
빨간 우유 팩 하나

-「말로 그리는 그림 2 -빈 페트병과 우유 팩」

「말로 그리는 그림」 연작시 중에 두 번째 작품이다. '시는 말로 그림을 그리는 놀이' 라는 이재복 아동문학평론가의 해설처럼 권오삼 시인의 동시는 말이 말처럼 자유롭게 뛰어다니고 손에 잡힐 듯 선명한 이미지를 보여준다. '빨대 물고 고양이처럼/ 오도카니 앉아 있는/ 빨간 우유 팩 하나//' 가 특히 돋보인다.

내 크레파스 중에서
내가 제일 사랑하는 색은 파란색
키가 제일 작다

내가 너무 사랑했기 때문이다

-「너무 사랑했기 때문에」

문학을 문학이게 하는 가장 중요한 특성 중의 하나가 바로 '형상화' 다. 사랑, 믿음, 희망, 정직, 순수, 동심과 같은 것들을 눈에 보이지도, 손에 잡히지도, 귀에 들리지도 않는다. 이걸 관념적이다, 라고 한다. 눈에 보이게, 손에 잡히게, 귀에 들리게 쓰고 그리고 만드는 것이 문학이고 예술이다.

「너무 사랑했기 때문에」는 눈에 보이지 않는 '사랑' 을 눈에 보이도록 생생하게 표현했다. 누군가의 사랑을 받아 작아진 파란색 크레파스를 가만히 들여다보면 거기서 뭔가가 떠오른다. 부모님이든 할머니든 친구든 선생님이든 고맙게 감사한 누군가가 떠오를 것이다. 말하지 않고 말하기도 문학의 중요한 특성이다. 「너무 사랑했기 때문에」는 몇 줄 짧은 구절로 참 많은 것을 담고 있는 동시이다.

사람들만 놀이를 하는 게 아냐
나무들도 놀이를 한다

그림자 길게 뻗어
누가 땅 많이 차지하나
땅 차지하기 놀이

낮에도 하고
밤에도 한다

달빛에서도 하고
가로등 불빛에서도 한다

이기는 쪽은 늘
키 큰 나무들

—「나무들도 놀이를 한다」

권오삼 시인의 열 번째 동시집『나무들도 놀이를 한다』전체를 관통하는 것은 어떤 대단한 메시지나 주제의식이 아니다. 숫자 10이 갖는 각별한 의미를 시인 스스로는 별로 대수롭지 않게 여긴 것이 분명하다. 마치 '그까짓 게 뭐라고! 흥! 나는 동시랑 앞으로도 신나게 놀래!' 하면서 말이다.

내가 아는 권오삼 시인은 아이들을 사랑하고 아동문학 판의 젊은 후배들을 지극히 아끼는 분이다. 권오삼 시인이 운영하는 다음 카페 〈동시사랑 동시마을〉은 그야말로 동시문학의 보물창고다. 칠순의 연세에도 치열한 시정신과 동심으로 직접 가닿고자 하는 노력은 후배들에게 많은 귀감이 된다.

모쪼록 권오삼 시인이 건강을 잘 챙겨서 한국 동시 문학의 장인으로서 어른으로서 오래오래 남아주시길 고대해본다.

우리 아이들에게 소개해주고 싶은 동시인 07

- 송찬호 시인

초록 토끼를 찾아서

–『초록 토끼를 만났다』(송찬호/문학동네어린이/2017)

앨리스와 회중시계를 든 토끼

루이스 캐럴의 동화 『이상한 나라의 앨리스』는 회중시계를 들고 다니며 말까지 하는 이상한 토끼가 등장하면서 이야기가 시작된다. 일상이 지루하고 따분했던 앨리스는 그 토끼를 따라 굴속으로 뛰어들면서 이상한 나라에서 환상적인 모험을 겪는다. 그런데 왜 하필 토끼였을까?

일반적으로 토끼는 꾀 많고 영리하며 사람에게 친숙한 동물로 여겨졌다. 늘 주위를 경계하고 조심하는 모습을 보여 겁이 많고 약한 사람에 빗대기도 했지만, 달에서 방아를 찧는 상상의 토끼나 기지를 발휘해 용궁을 빠져나오는 지혜로운 동물의 상징으로도 여겨진다. 가만 보면 토끼는 어린이와 닮았다. 미성숙한 신체는 어른에 비해 작고 약하지만, '동심'을 간직한 심성은 때때로 놀라운 직관과 혜안을 보여주기 때문이다. 그런 의미에서 '토끼'

는 아이들을 대상으로 한 동화나 동요에 자주 등장한다.

송찬호 시인의 두 번째 동시집 『초록 토끼를 만났다』에도 화자가 만난 이상한 토끼가 등장한다. 흰 토끼도 검은 토끼도 아닌 '초록 토끼' 다.

초록 토끼를 만났다
거짓말이 아니다
너한테만 얘기하는 건데
전에 난 초록 호랑이도 만난 적 있다니까

난 늘 이상하고
신기한 세상을 기다렸어

'초록 토끼를 만났다' 고
또박또박 써 본다
내 비밀을 기억해 둬야 하니까
그게 나에게 힘이 되니까

－「초록 토끼를 만났다」

'늘 이상하고/ 신기한 세상' 을 기다려온 '나' 는 '초록 토끼' 를 만난 '비밀' 을 간직하고 있다. 초록 토끼뿐만 아니라 전에는 '초록 호랑이' 도 만났다. 초록 토끼와 초록 호랑이를 만난 것으로 끝나지 않고, 나는 그 만남을 '또박또박 써' 서 기록해둔다. 왜냐하면, '그게 나에게 힘이 되' 기 때문이다.

초록 토끼란 앨리스가 만난 회중시계를 들고 말까지 하는 이상한 토끼와 닮았다. 앨리스는 그 토끼를 단박에 따라 나선다. 한 번도 들어가 본 적 없는 굴속으로 뛰어들려면 누구에게나 용기가 필요한 법이다. 토끼를 따라 가지 않았다면 앨리스의 환상적인 모험은 불가능했을 것이다.

「초록 토끼를 만났다」의 '나' 는 초록 토끼와의 '만남' 을 또박또박 써두었고, 기억하고 있으며, 그게 힘이 된다고 고백한다. 도대체 '나' 는 초록 토끼를 만나 무슨 얘기를 하고 어떤 일을 겪었을까? 송찬호 시인의 동시집 『초록 토끼를 만났다』는 초록 토끼와의 만남과 모험을 또박또박 기록한 '나' 의 비밀 일기장인 셈이다.

지하 비밀 도시에 구경 갔다
사다리를 타고 땅 아래로 한참 내려갔다

지하 비밀 도시에 도착해
내 이름인 〈이경수만 모르는 신기한 물건들이 있는
가게〉가
눈에 띄어 얼른 들어갔다

가게 안에 진열된 상품들은,
이경수의 코딱지
이경수가 자다가 흘린 침
이경수의 방귀 소리
목욕할 때 이경수의 꼬추와 엉덩이 사진……

이거 내 짝궁 민주가 알면 큰일!
지상에 올라가면
지하 비밀 도시로 내려오는
구멍을 콱, 틀어막아야겠다

–「지하 비밀 도시」

앨리스가 굴속으로 끝도 없이 떨어진 것을 보면 '이상한 나라'는 '여기'를 기준으로 아래쪽, 땅 속 어딘가에 있는 모양이다. 경수도 '사다리를 타고 땅 아래로 한참' 내려가서야「지하 비밀 도시」에 다다른다. 그곳에는 '이경수만 모르는 신기한 물건들이 있는 가게'가 있다. 경수의 코딱지, 흘린 침, 방귀 소리, 꼬추와 엉덩이 사진 등이 신기한 물건(?)이라는 것에 동의하기는 힘들지만 지하 비밀 도시로 내려가는 '구멍'은 호기심을 불러일으킨다. 그런데 경수는 지하 비밀 도시로 내려가는 구멍이 있다는 것을 어떻게 알았고 사다리는 어디서 구했을까?

앨리스가 회중시계를 들고 다니며 말까지 하는 이상한 토끼를 만나 신기한 모험을 시작했듯이 경수도 '초록 토끼'를 만나 '지하 비밀 도시'를 다녀오고 '에디슨 돼지'의 비밀을 듣고 '거미줄 초대장'을 읽고 '비둘기 탐정'이 해결한 도둑맞은 땅콩 사건에 대해 알게 된 것이다.

토끼의 귀가 유난히 길고 큰 것은 소리를 잘 듣기 위해서다. 초록 토끼를 만난 '경수'는 아무래도 '귀'를 빌리거나 얻은 모양이다. 세상의 모든 동물과 식물의 이야기를 엿들을 수 있는 신기한 초록 귀를 말이다.

재미있는 동네, 충청북도 보은군

송찬호 시인은 성인 시단에서 이름이 높다. 2000년 김수영문학상과 동서문학상, 2008년 미당문학상, 2009년 대산문학상, 2010년에는 이상시문학상 등 대한민국의 주요 문학상을 수상하며 한국 시단에 자신만의 독특한 시세계를 구축했다는 평가를 받았다. 2000년 이후 송찬호 시인처럼 성인 시단에서 활발하게 활동하던 시인들이 동시집을 펴내기 시작했다. 평가는 엇갈렸지만 대체로 기대 이하의 동시집이 많았다.

송찬호 시인도 2011년에 첫 동시집『저녁별』을, 올해는『초록 토끼를 만났다』를 출간했다. 첫 동시집이 "한국 현대 동시집 가운데 가장 많은 절창이 여기 들어 있다"(안도현)는 평가를 받으며 동시단의 주목에 값했다. 『저녁별』이후 6년 만에 두 번째 동시집을 내놓았는데 첫 동시집에 버금 갈만큼 절창이다.

두 번째 동시집에서 눈에 띄는 것은 충북 보은에서 태어나 지금도 그곳에서 시를 쓰는 시인의 동네(충북 보은) 이야기다.

우리 동네에 투명 인간이 산다
어떤 실험을 하다
약을 잘못 먹어
투명 인간이 되었다고 한다

골목길
아무도 없는데
누군가
내 뒤통수를 치고 지나간다

나는 빙긋이 웃으며
뒤돌아서
까딱 인사를 한다
우리 동네가 점점 재밌어지고 있다

–「투명 인간」

고향 마을에서 전업 시인으로 삶을 꾸려가는 시인은 지난해 소일거리로 뒷마당에 닭장을 짓고 병아리를 키웠다. 족제비가 병아리를 채 가지 못하게 닭장에 나무 횃대와 짚 둥지도 만들어주며 정성을 쏟았다. 올 봄에 암탉이 아홉 개의 알을 품었는데 그중에 다섯 개에서 병아리가 깨어났다. 깨어난 병아리는 어미 닭을 졸졸졸 따라다니며 잘 자라고 있다고 한다. 그러면서 시인은,

> "문득 내 동시가 봄날의 노란 병아리를 닮았으면 좋겠다는 생각이 들었어요. 호기심 많은 까만 눈동자와 작고 뾰족한 부리를 가진 병아리들처럼, 이 세상의 궁금한 것들을 콕콕 집어 동시로 옮겨 쓸 수 있다면요."

라고 두 번째 동시집을 묶은 소감을 덧붙였다. 성인 시단에서 일가(一家)를 이룬 시인이 '봄날의 노란 병아리' 처럼 '호기심 많은 까만 눈동자와 작고 뾰족한 부리를 가진 병아리' 를 소망한다는 것이 퍽 인상 깊다. 그의 동시집이 사랑받는 이유도 바로 여기에 있을 것이다.

뒷마당에서 어미 닭을 졸졸졸 따라다니는 호기심 많은 병아리처럼 시인도 '점점 재밌어지' 는 우리 동네를 돌아다니며 투명인간에게 '까닥 인사를 하(「투명 인간」)' 거나, 「백년 선풍기」때문에 '눈썹이 허예' 진 민기와 '할아버지 수염이 숭숭' 난 동수, 갈평 저수지에서 '자기 발 물갈퀴랑/ 내 신발이랑/ 서로 바꿔 신어 보자고/ 떼쓰는 청둥오리(「바꿔 신어 보자」)' 를 만나거나, '서원계

곡'에서 '요게 서원계곡 바람의 속눈썹/ 요게 서원계곡 바람의 콧등/ 복숭아빛 요게 서원계곡 바람의 뺨/ 옹알이하는 요, 요게 서원계곡 바람의 입술(「서원계곡의 바람」)'을 가진 아기 바람의 탄생을 엿보기도 하는 것이다.

송찬호 시인은 두메산골에서 태어나 매일 산골을 뛰어다니며 '노느라고 정신없는' 유년 시절을 보냈다고 한다. 똘배, 오디, 버찌, 산딸기, 고구마, 감자, 참외 등을 따먹거나 서리를 하고 새둥지에 올라 새알을 내리고, 뱀이나 개구리를 잡기도 하며, 자치기, 비석치기, 표치기, 팽이치기 같은 바깥놀이에 시간 가는 줄 모르고 놀았던 어릴 때의 경험은 동시집 전반에 걸쳐 소박하지만 아름다운 동심으로 재현되고 있다.

보랏빛 꿈이 무얼까

송찬호 시인의 동시는 시와 동시의 경계를 넓혔다는 평가를 받는다. 동시면서 시가 되고, 시이면서 동시가 되는 조화와 확산의 어떤 지점에 시인은 이미 가닿은 듯도 하고 어쩌면 알에서 갓 태어난 봄날의 노란 병아리처럼 한 생을 거쳐 회귀한 듯도 하다.

동시집 『초록 토끼를 만났다』에서 가장 눈에 띄는 시는 「도라지꽃」이다. 동화적 상상력이 풍부한 이야기로서의 동시도 재미있지만, 동시에서 시로 번져가는 수묵채색화 같은 아름다움은 단연 압권이다. 도라지꽃을 들여다 본 것이 아니라 도라지꽃이 꾸는 '보랏빛 꿈'을 '가만히 들여다보는' 노루라니! 그런 순간을 놓치지 않고 일필휘지로 그려낸 웅숭깊은 시선에 감전하듯 그저 감응할 수밖에 없다.

햇살 동터 오는
산등성이 아침
보랏빛 도라지꽃
늦잠을 자고 있다

곁을 지나던 노루가
보랏빛 꿈이 무얼까
가만히 들여다보다 간다

–「도라지꽃」

시집이나 동시집을 읽을 때 마음에 드는 시가 있으면 책 모서리를 접어두는 버릇이 있다. 한 권을 읽고 접힌 모서리가 3~5개 정도면 괜찮은 시집이고 10개 내외면 훌륭한 시집이라고 생각한다. 어떤 시집은 단 한 번도 모서리를 접지 못하고 내려놓을 때가 있어 안타깝다. 그렇다면 과연 송찬호 시인의 동시집은 모서리가 얼마나 접혔을까? 많이 접힐수록 책날개 한쪽이 부풀어 오른 것처럼 비스듬해진다. 『초록 토끼를 만났다』가 그렇다.

2장 그림책이면 충분하다

02 그림책이면 충분하다

그림책 한 권으로
동서고금의 문학, 역사, 철학, 예술, 과학까지
아우를 수 있습니다.

그림책은 그림책만으로 충분합니다.

어린이가 처음으로 만나는 책

뉴질랜드의 도서관 사서이자 아동문학평론가인 화이트(Dorothy White)는 그림책을 이렇게 표현했다. “그림책은 어린이가 처음으로 만나는 책입니다. 앞으로의 기나긴 독서 생활을 통해 읽게 될 책 가운데 가장 소중한 책입니다. 그 아이가 그림책 속에서 찾아낸 즐거움의 양에 따라 평생 책을 좋아하게 되느냐 그렇지 못하느냐가 결정됩니다. 때문에 그림책은 가장 아름다운 책이어야 합니다. 화가와 작가와 편집자, 제작자, 그리고 독자가 어우러져서 어떤 책보다 아름답고 매력적인 것으로 만들어야 합니다. 조각이나 영화처럼 그림책도 하나의 독자적인 예술형식입니다.”

그림책의 ‘그’ 자도 몰랐던 작년 겨울, 구미에서 조의래 선생님의 그림책 강의를 들으며 큰 충격과 설렘을 느꼈다. 불행하게도 나는 이전에 그림책을 알지도 보지도 듣지도 못했을뿐더러 관심도 없었다. 세상에, 그림책이라니! 영유아들이나 보는 유치하고 조잡한 책 정도로만 알고 있었는데, 알고 보니 편견이고 오해였다. 그나마 다행스러운 건 조의래 선생님의 강의를 계기로 그림책의 매력에 푹 빠졌다는 것이다. 이제라도 괜찮다. 천만다행이다.

학교로 돌아와 추천 그림책을 한 권 한 권 읽었다. 아니, '읽었다' 라는 표현으론 부족하다. '즐겁게 만났다' 가 어울린다. "그림책이란 언어 예술과 회화 예술의 조화물을, 독자적이고 독창적인 물리적 형태로 형상화해낸 것입니다. 때문에 편집자와 제작자의 참여가 아주 중요합니다. 그림책은 문장, 그림, 편집, 제본, 이 네 가지 모두에 대한 종합적 이해가 없으면 어느 부분의 창작도 어렵습니다." 일본 아동도서출판의 명문 '우쿠인칸쇼텐' 의 창업자이자 50년 이상 어린이책 계몽운동에 헌신한 세계적인 아동도서 전문가 '마쓰이 다다시' 의 말이다. 언어 예술과 회화 예술의 아름다운 조화물이 바로 그림책이다.

어린이에게 그림책을 보게 하면, 그림 때문에 오히려 어린이의 상상력이 묶이고 자유로운 이미지를 그리는 능력이 손상된다는 일부 의견에 대해 마쓰이 다다시는 "어린이의 자유로운 발상이나 풍부한 상상력은 그림책을 읽는 경험을 통해 더 자라고 발전합니다. 절대 묶이지 않습니다. 겉만 화려하고 예쁘기만 한 소수의 그림책이 위험할 뿐입니다. 그림책을 어린이에게 많이 보여주십시오." 라고 반박한다.

사실 어린이의 상상력과 창의력은 타고나는 것이 아니다. 성장하면서 겪는 다양한 체험을 통해 발전하는 것이다. 어린이에게 체험의 기회를 가장 풍부하게 제공하는 매체가 바로 그림책이다. 산만하던 아이도 그림책을 보여주면서 이야기를 들려주면 자세를 고쳐 집중하는 모습을 보인다. 그림이 머릿속에 영상을 떠올릴 수 있도록 돕기 때문이다. 그러므로 그림책의 그림은 매우 중요하다. 그림책을 통해 반복되어 쌓인 영상 경험이 어린이의 상상력과 창의력에 큰 영향을 준다. 유아기에 양질의 좋은 그림책을 꾸준히 접하는 어린이와 그렇지 않은 어린이가 훗날 어떤 모습으로 성장할지는 더 말할 필요가 없을 것이다.

최근에 자녀에게 그림책을 읽어주는 부모가 점점 많아지는 것은 고무적이다. 하지만 자녀에게 그림책을 읽어주면서 어떤 불순한(?) 목적을 가지고 접근한다면 도리어 안 하는 만 못하다. 그림책 읽어주기의 목적은 그저 기쁨과 즐거움이어야 한다. 자녀와의 따뜻한 소통과 나눔의 장이어야 한다. "어디가 재미있었니? 어떻게 재미있었니? 어떤 그림이 마음에 들어? 줄거리가 어떻게 되지? 주인공이 왜 그랬지?……." 그림책을 읽으면서 또는 읽어준 후 끊임없이 질문을 늘어놓는 부모가 종종 있는데 처지를 바꿔서 생각해보자. 그림책을 읽을 때마다 독후감을 쓰고 발표하고 질문에 대답해야 한다면 과연 그림책에 매료될 수 있을까?

모쪼록 많은 학부모와 교사들이 아이들에게 좋은 그림책을 읽어주면서 행복과 기쁨을 느꼈으면 좋겠다. 그림책을 바라보는 아이들의 초롱초롱한 눈망울과 호기심에 가득 찬 표정을 덤으로 즐기면서 말이다.

삼겹살과 그림책의 공통점

살면서 이렇게 무더웠던 적이 또 있었나 싶다. 이번 여름은 손에 꼽히는 혹서기였다. 다들 누진세가 무서웠는지 영화관, 커피숍, 대형마트에 사람들이 북적거렸다. 그에 비하면 도서관은 한산한 편이다. 집 근처에 삼겹살 맛집으로 소문난 곳이 있는데 간판에 이런 문구가 보였다. "우리 가게에 한 번도 안 온 사람은 있어도, 한 번만 온 사람은 없다!"

도서관은 어떨까? "도서관은 오는 사람만 온다!" 도서관을 꾸준히 다니다 보면 알게 된다. 찾는 사람이 찾는다. 오는 사람만 온다. 엉뚱한 소리 같겠지만, 도서관에서 삼겹살 한 번 구워 먹었으면 좋겠다. 한 번도 안 온 사람은 있어도, 한 번만 온 사람은 없는 맛집(?) 도서관이 될 수 있을지도.

이런 무더위에는 도서관이나 교실에서 책을 읽거나 강의를 듣는 게 최고의 피서다. 딸아이에게 도움이 될까 싶어 그림책 강의를 신청했다. 강사가 물었다. "그림책이란 무엇일까요?" 이런저런 대답이 나왔다. 나는 속으로 '우리 딸 읽어주는 재미있는 책입니다.' 라고 말했다. 그러다 '어른이 읽어도 아름답고 감동적인 책입니다.' 라고 덧붙였다.

강사는 멋진 말을 쏟아냈다. '글과 그림의 행복한 결혼' 이라느니, '문학과 미술이라는 서로 다른 예술 형식이 독특하게 결합된 형태' 라느니, '그림 없이 글로만 존재할 수 없는 책, 그림이 없다면 이야기의 의미가 불분명해지는 책' 이라느니, '외견상으로는 글과 그림의 합성으로 보이지만 실제로는 글로도 그림으로도 보기 어려운 제3의 텍스트, 아이코노 텍스트' 라느니…… 계속 듣고 있자니, 그동안 딸아이에게 읽어줬던 재미있고, 아름답고, 감동적인, 그 그림책들을 얘기하는 게 맞는지 의아했다.

그러다 뜬금없이, '삼겹살과 그림책의 공통점' 이 궁금했다. 저 강사도 이런 식으로 포문을 열었더라면 더 재미있지 않았을까. 아무튼, 삼겹살과 그림책의 공통점은? 좀 억지스럽더라도 들어보시라.

① 재미가 있다. 삼겹살은 먹는 재미, 그림책은 읽는 재미가 있다.
② 살코기와 비계가 있다. 삼겹살은 비계가 적당히 있어야 맛있다. 그림책도 글과 그림이 어울려야 재미있다.
③ 껍질이 두껍다. 삼겹살의 껍질은 그림책의 하드커버처럼 두껍다. 돼지 껍질은 콜라겐이 풍부하고 그림책 표지는 상상력이 풍

부하다.

④ 국산과 수입품이 있다. 삼겹살은 국산이, 그림책은 수입품이 대세다. 물론 국산 그림책이 점점 인기다.

⑤ 만만하다. 국민 고기 삼겹살처럼 그림책도 남녀노소 누구나 즐길 수 있다.

⑥ 같이 먹는다. 삼겹살도 그림책도 함께 먹어야, 같이 읽어야 즐겁다.

이쯤 했는데, 강사가 그림책 읽어 줄 때 주의할 점을 말했다. 귀가 솔깃했다. 그림책을 읽어주는 방법은 다양하다. 삼겹살을 먹는 방법이 다양하듯이. 내 아이가 당신 아이와 다르듯이. 내가 당신과 다르듯이. 다들 식성이 다르듯이. 그림책의 글을 읽을 때는 동화 구연하듯 읽지 말고 자연스럽게 읽으라고 했다. 특히, 글자를 짚어가며 읽지 말라고 했다. 가끔 딸아이가 재미있게 실감 나게 읽어달라고 할 때가 있는데 그때는 어쭙잖은 동화 구연을 한다. 할머니가 됐다가 쓰레기통이 됐다가 곰이 되기도 한다. 요즘 끝말잇기에 재미를 붙인 딸아이가 이 글자는 뭐고 저 글자는 뭐냐고 묻는다. 그럴 땐 손가락으로 그림책을 짚어가며 읽어준다.

돌이켜보면, 다 그때그때 다르다. 예전에 '웃찾사' 라는 개그 프로그램에 출연했던 컬투(정찬우, 김태균) 콤비의 유행어처럼 모든 일은 그때그때 다르다. 그게 그림책 읽어주는 일뿐이랴. 자녀교육도 살아가는 일도 모두 그때그때 다르다.

다만, 변하지 않는 것이 있다면, 아이들에게 그림책을 읽어주기 위해 열심히 공부하는 교사의 열정이나 자녀에게 책 읽는 기쁨을 알려주기 위해 오늘도 도서관을 들락날락하며 가방에 5권씩, 10권씩을 그림책을 빌려 가는 부모의 사랑 같은 것들이 아닐까?

그건 그렇고, 이 더위 가시면, 딸아이와 삼겹살이나 구워 먹어야겠다. 삼겹살과 그림책의 공통점 찾기라는 희한한 놀이나 하면서.

꽃할머니의 향기로운 꿈

– 권윤덕 작가, 『꽃할머니』 (사계절, 2010)

오늘도 서울시 종로구 옛 일본대사관 건너편 '평화의 소녀상' 앞에서 어김없이 '수요 집회'가 열렸습니다. '수요 집회'에 작은따옴표를 한 이유는 '수요 집회'가 이제는 우리 사회의 대명사로 자리 잡았기 때문입니다. 이번 '수요 집회'는 1500차 집회였습니다. 자그마치 30년 동안이나 지속하였으니 단군 이래로 가장 오래된 집회가 아닐까 합니다. 일본군 '위안부' 피해자 할머니와 관련 단체, 시민, 청소년들이 '수요 집회'를 통해 바라는 것은 일본의 진심 어린 사죄와 합당한 배상입니다.

하지만 박근혜 정부 시절에 타결된 한일 간 일본군 '위안부' 피해자 협상은 자못 실망스럽습니다. '사죄'란 지은 죄나 잘못에 대하여 용서를 빈다는 뜻입니다. 어떤 조건이나 단서가 붙은 사죄는 사죄가 아닙니다. 유대인 위령탑에서 무릎을 꿇고 나치 독일의 만행을 온몸으로 사죄한 서독 총리 빌리 브란트처럼 일본의 아베 총리도 일본군 '위안부' 피해자 할머니들 앞에 무릎을 꿇어야 마땅합니다. 그때 비로소 우리는 이렇게 말할 수 있습니다. "용서한다. 하지만 잊지는 않겠다."

모쪼록 일본군 '위안부' 피해자 할머니들의 깊은 상처와 아픔을 달랠 수 있는 일본의 진심 어린 사죄와 합당한 배상이 제대로 이루어지길 소망하며, 1940년 13살 어린 나이에 일본군 '위안부'로 끌려갔던 심달연 할머니의 증언을 바탕으로 만들어진 그림책 한 권을 소개할까 합니다.

권윤덕 작가의 『꽃할머니』(사계절, 2010)는 한국 · 중국 · 일본 세 나라의 작가들과 출판사들이 함께 기획한 '평화그림책' 프로젝트 중 첫 번째 작품입니다. 우리 어린이들이 전쟁이 없는 평화로운 세상에서 살게 되기를 바라는 마음을 담은 그림책입니다. 알다시피 전쟁은 거대하고 잔인한 폭력입니다. 전쟁은 특히, 여성과 어린 이들에게 크나큰 고통을 줍니다. 근대 이전의 수많은 전쟁에서부터 오늘날에 이르기까지 끔찍한 전쟁과 내전, 테러의 주요 희생양은 여성과 어린이들입니다.

이 책의 주인공인 꽃할머니도 그중에 한 분입니다. 꽃할머니가 열세 살이던 1940년은 일본이 우리나라를 지배하고 있었습니다. 전쟁 때문에 많은 사람이 전쟁터로 내몰리고, 곡식이며 놋숟가락까지도 모조리 거두어 가던 시절이었습니다. 그날도 꽃할머니는 나물을 캐러 언니와 들판으로 나갔습니다. 커다란 트럭을 타고 온 군인 두 명이 꽃할머니와 언니를 강제로 차에 태웠습니다. 어디로 왜 가는지도 모른 채 꽃할머니와 언니는 배에 옮겨 태워졌습니다.

꽃할머니와 언니가 도착한 곳은 대만이었습니다. 그곳에서 꽃할머니는 언니와 헤어졌고 다시는 언니를 만나지 못했습니다. 꽃할머니가 떠밀려 들어간 곳은 작은 방이 칸칸이 있는 막사였습니다. 꽃할머니는 그곳에서 무슨 일이 일어날지 전혀 알지 못했습니다. 며칠 뒤, 군인들이 한 명씩 들어왔다 나가고 또 들어왔다 나갔습니다. 열세 살 꽃할머니의 아랫도리는 피로 물들었습니다. 꽃할머니의 몸은 만신창이가 되어갔지만 아무도 꽃할머니를 구할 수 없었습니다. 군대가 이동할 때마다 꽃할머니도 어딘가로 끌려다녔습니다. 그렇게 몇 해가 더 흐르고, 전쟁은 끝났습니다. 전쟁터에 버려진 꽃할머니는 우여곡절 끝에 고향으로 돌아왔지만 아무도 반겨줄 사람은 없었습니다. 작가 권윤덕은 고백합니다. '스케치를 시작하면서부터 몸도 마음도 많이 아팠습니다. 이 책을 끝낼 즈음이 되니 이웃이 어렵고 힘들게 살아가는 사람들이 자꾸만 눈에 뜨입니다. 사람들을 고통으로 몰아넣는 전쟁과 폭력, 무지와 야만, 차별과 무시에 반대하고 저항할 수 있는 힘이 필요하다는 걸 느낍니다.'

꽃을 좋아해 꽃누르미(압화)를 즐겨 하셨던 『꽃할머니』의 주인공 심달연 할머니는 2010년 12월 5일, 향년 83세로 세상을 떠났습니다. 경북 영천 은해사에 안장된 꽃할머니의 꿈은 "사람이 꽃보고 좋아하듯이 그렇게 서로 좋아하며 살았으면 좋겠다."입니다. 꽃할머니의 향기로운 꿈이 꼭 이루어졌으면 좋겠습니다.

겨울밤, 군고구마 같은 그림책 『황소 아저씨』

– 권정생 작가, 『황소 아저씨』 (길벗어린이, 2001)

"겨울이면 아랫목에 생쥐들이 와서 이불속에 들어와 잤다. 자다보면 발가락을 깨물기도 하고 옷 속으로 비집고 겨드랑이까지 파고 들어오기도 했다. 처음 몇 번은 놀라기도 하고 귀찮기도 했지만 지내다 보니 그것들과 정이 들어 아예 발치에다 먹을 것을 놓아두고 기다렸다. 개구리든 생쥐든 메뚜기든 굼벵이든 같은 햇빛 아래 같은 공기와 물을 마시며 고통도 슬픔도 겪으면서 살다 죽는 게 아닌가. 나는 그래서 황금덩이보다 강아지똥이 더 귀한 것을 알았고 외롭지 않게 되었다."

고 권정생 선생님(1937~2007)의 수필집 『우리들의 하느님』(녹색평론)에 나오는 대목입니다. 한국인이 가장 좋아하는 그림책 『강아지똥』(길벗어린이), 현재 100만 부가 넘게 팔린 『몽실언니』(창비)까지 권정생 선생님의 작품은 남녀노소 할 것 없이 오랫동안 사랑을 받았습니다. 특히 그의 작품은 애니메이션, 드라마, 뮤지컬 등으로도 많이 각색되었습니다. 『강아지똥』도 그렇지만 『엄마 까투리』(낮은산) 애니메이션을 보면서 나도 모르게 눈물이 그렁그렁하던 기억이 새록새록 떠오릅니다.

권정생 선생님의 작품 속 주인공은 '흰둥이가 싸놓고 간 똥, 깜둥 바가지, 벙어리, 시궁창에 떨어져 썩어가는 똘배, 전쟁고아, 거지, 바보, 늙은 소, 외로운 노인'과 같이 힘없고 소외된 것들입니다. 이 세상에 작고 볼품없는 것들을 향한 따스한 사랑을 몸소 실천하신 분이 바로 권정생 선생님입니다. 삶과 글이 다른 작가들이 득세하는 지금, 여기에 삶과 문학과 사상이 일치했던 귀하디귀한 어른이자 작가가 바로 권정생 선생님입니다. 그렇기에 아이부터 어른까지 좋아하고 존경하지 않겠습니까?

오늘 소개할 그림책은 권정생 선생님의 『황소 아저씨』입니다. 이 그림책을 선택한 이유는 작품 속에 '황소 아저씨'가 바로 권정생 선생님의 분신이기 때문입니다. 줄거리는 간단합니다. 추운 겨울밤, 생쥐 한 마리가 황소 아저씨네 외양간에 먹을 것을 구하러 나옵니다. 엄마가 돌아가신 후, 동생들을 위해 먹을 것을 구하러 나온 생쥐를 보고 황소 아저씨는 연민을 느낍니다. 황소 아저씨는 생쥐 남매에게 자신의 음식과 품까지 내어줍니다. 생쥐 남매와 황소 아저씨는 사이좋은 식구가 되어 따뜻하게 겨울을 난다는 내용입니다. 특히, 마지막 문장이 마치 따끈따끈한 군고구마 같습니다. "새앙쥐들은 아저씨 목덜미에 붙어 자기도 하고 겨드랑이에서 자기도 했어요. 겨울이 다 지나도록 따뜻하게 따뜻하게 함께 살았어요."

귀천 없이 누구나 '따뜻하게, 따뜻하게 함께' 사이좋게 사는 나라를 권정생 선생님은 꿈꿨던 게 아닌가 합니다. 경상북도 안동시 일직남부초등학교를 고쳐 만든 '동화나라'와 권정생 생가는 누구나 꼭 한번은 가봐야 할 문학순례지가 되었습니다. 날이 풀리고 봄꽃 피면 권정생 선생님의 책을 읽고 아이들과 부모님과 함께 찾아가보려 합니다. 이 글을 읽으시는 독자들도 가족과 함께 기꺼이 나서보시길 바랍니다.

권정생 선생님의 『황소 아저씨』를 읽으니 화가 이중섭(1916~1956)이 떠오릅니다. 이중섭의 불우했던 삶이 권정생 선생님과 겹치기 때문입니다. 이중섭이 그린 소 그림은 25점이나 됩니다. 그중에 '흰 소(1954, 홍익대 박물관), 황소(1953, 개인소장), 황소(1953, 서울미술관)가 있는데 서로 비교해서 보면 좋겠습니다. 마침 올해가 이중섭 탄생 100주년을 맞는 해라 더욱 의미가 있습니다.

『황소 아저씨』에 생쥐 남매가 나와서 일까요? 아베 간야의 『하멜른의 피리 부는 사나이』(한길사)가 연상되고 나아가 모차르트의 '마술피리' 오페라도 생각납니다. 서양 중세 사학자인 아베 간야는 책에서 중세 사람들의 삶과 피리 부는 사나이의 정체를 탐색했습니다. '어린이 십자군', '에르푸트르의 어린이 무도 행진'과 같은 흥미로운 대목이 많습니다.

모차르트의 마술피리는 '피가로의 결혼', '돈 조반니', '코지 판 투테'와 함께 모차르트 4대 오페라 중 하나입니다. 그런데 좀 다른 것이 있습니다. 독자 여러분이 한 번 찾아보시길 권하며, 그림책 한 권으로 동서고금의 문학, 역사, 철학, 예술, 과학까지 아우를 수 있습니다. 그림책은 그림책만으로 충분합니다.

100만 번 산 고양이의 첫울음

– 사노 요코, 『100만 번 산 고양이』(비룡소, 2016)

사노 요코의 『100만 번 산 고양이』(비룡소, 2016)는 매우 철학적인 그림책입니다. 매우 시적인 그림책입니다. 노자의 함축과 역설을 떠올리게도 하고 월명사의 제망매가를 떠올리게도 합니다. 모파상의『여자의 일생』이 연상되었다가 나탈리 배비트의『트리갭의 샘물』이 연상되기도 합니다. 그러나 무엇보다 강렬하게 다가오는 것은『100만 번 산 고양이』와 '나' (독자)의 삶이 내외면의 여러 곳에서 곧잘 겹치거나 투영된다는 점입니다.

『그림책&문학읽기』에서 문학평론가 김주연은 '문학은 모든 억압(이 억압이란 밖에서 들어오는 억압, 자기 내부에서 솟아나는 억압을 모두 말합니다)에 저항하고 이 세상을 자기 나름대로 재해석하는 행위입니다. 그리고 새롭게 보는 행위입니다. 질서라는 것 자체가 이미 하나의 억압입니다. 그러므로 문학은 근본적으로 저항이며 새롭게, 달리 보는 것입니다. 이것이 문학의 본질' 이라고 말했습니다.

그러면서 '문학은 『100만 번 산 고양이』에서처럼 백만 번 되풀이되어온 일상을 벗어나는 것'이라고 강조했습니다. 그것은 마치 『트리갭의 샘물』에 나오는 가족처럼 변화 없이 영원토록 한 자리에 멈추어져 있는 삶, 쳇바퀴처럼 영원히 사는 무의미한 삶에서 벗어나는 것, 탈출하는 것, 깨닫는 것을 의미합니다. 그렇지 않고서야 길가에 떨어져 있는 돌멩이, 나뒹구는 페트병과 무엇이 다를까요?

'백만 년이나 죽지 않은 고양이가 있었습니다. 백만 번이나 죽고 백만 번이나 살았던 것이죠. 정말 멋진 얼룩 고양이였습니다. 백만 명의 사람이 그 고양이를 귀여워했고, 백만 명의 사람이 그 고양이가 죽었을 때 울었습니다. 고양이는 단 한 번도 울지 않았습니다.'로 시작되는 『100만 번 산 고양이』에서 '백만 번'은 시간이나 횟수를 뜻하는 게 아니라 무료하고 무의미한 삶을 가리킵니다. 백만 번이든 천만 번이든 타의로 죽었다 살아나는 게 무슨 의미가 있을까요? 백만 명이든 천만 명이든 누군가의 고양이로 살다가 죽는 게 과연 무슨 의미가 있을까요? 작가 사노 요코가 우리에게 던지는 질문입니다.

그 질문에 그림책은 이렇게 답합니다. '한때 고양이는 누구의 고양이도 아니었습니다. 도둑고양이였던 것이죠. 고양이는 처음으로 자기만의 고양이가 되었습니다. 고양이는 자기를 무척 좋아했습니다(…중략…)고양이는 하얀 고양이와 새끼 고양이들을 자기 자신보다 더 좋아할 정도였습니다(…중략…)고양이는 하얀 고

양이와 함께 오래오래 살고 싶다고 생각했습니다.'

『100만 번 산 고양이』 후반부에 고양이가 우는 장면이 있습니다. 자신과 의미 있는 삶을 함께했던 하얀 고양이가 조용히 움직임을 멈췄기 때문이지요. '밤이 되고 아침이 되도록, 또 밤이 되고 아침이 되도록 고양이는 백만 번이나 울었습니다.' 라는 장면에서 어떤 사람들은 눈물을 쏟기도 합니다. 고양이처럼 뜨겁게 울어봤던 기억이 떠올라서일 겁니다. 고양이는 처음이자 마지막 울음을 그친 후 하얀 고양이 곁에서 조용히 숨을 거둡니다.

어떤 그림책은 하릴없이 사람을 울리기도 합니다. 여섯 살 딸에게 그림책을 읽어주다가 삶과 죽음, 문학과 사랑에 대해 다시 하릴없이 생각해보는 밤입니다.

함께 밥 먹는 사람, 식구(食口)

– 토미 웅게러, 『제랄다와 거인』 (비룡소, 2000)

양배추 절임과 소시지 모듬, 파이 반죽에 싸서 구운 거위 간 푸딩, 송로 버섯 젤리를 곁들인 송아지 고기 튀김, 폼파토사라 베르나르, 라스푸틴 초콜릿 소스, 신데렐라 식 칠면조 구이, '거인의 기쁨' 이라고 하는 설탕물에 졸인 과일과 숟가락 모양의 비스킷, 아이스크림 케이크…….

요즘은 먹는 방송, 일명 '먹방' 이 유행입니다. 요리하는 방송, '쿡방' 도 대세지요. 초등학생들의 장래 희망에 쉐프(chef)가 상위를 차지한 지 꽤 되었습니다. 한국심리학회에서는 '먹방', '쿡방' 이 인기를 끄는 이유를 크게 네 가지로 진단합니다. 1인 가구의 증가, 가족의 해체 현상, 소비트렌드의 변화, 소비자의 욕구 변화가 그것입니다.

언제부턴가 '혼밥(혼자 먹는 밥)', '혼술(혼자 먹는 술)' 이 낯설지 않은 말이 되었습니다. 가족이 해체되고 공동체가 붕괴하면서 우리 사회는 점점 모래알 사회로 변해 가는 중입니다. 모래알은 서로 뭉치지 못하고 한 알의 알갱이로 존재합니다. 윌리엄 블레이크는 한 알의 모래에서 우주를 보았지만 지금은 한 알의 모래마다 날카로운 외로움이 삐죽 삐죽 솟아 있습니다. 이를 어쩌면 좋을까요?

토미 웅거러의 『제랄다와 거인』(비룡소, 2000)에서 그 해답을 찾아봅니다. 그림책 표지가 굉장히 뜻밖입니다. 예리한 칼을 든 거인이 험악한 표정으로 한 소녀를 위협하고 있는 것처럼 보입니다. 하지만 거인을 바라보는 소녀의 표정은 한없이 다정합니다. 호기심을 불러일으키기에 충분한 그림입니다.

책의 첫 구절이 의미심장합니다. '옛날에 사람을 잡아먹는 거인이 혼자 외로이 살고 있었습니다.' '혼자, 외로이' 에 결점을 찍습니다. '혼자, 외로이' 가 아니었다면 사람을 특히, 어린아이를 잡아먹는 '거인' 은 존재하지 않았을 테니까요.

그런데 마을에서 멀리 떨어진 숲 속에 사는 농부와 어린 딸 제랄다만 이 사실을 몰랐습니다. 아버지가 많이 아픈 어느 날, 제랄다는 혼자 장에 물건을 팔러 갑니다. 그때, 거인은 제랄다를 잡아먹으려고 했지만 너무 허둥대다가 그만 바위에서 미끄러져 정신을 잃고 맙니다. 제랄다는 쓰러진 거인을 위해 맛있는 음식을 정성껏 만들어 줍니다. '화란 냉이 크림 스프, 소스를 친 훈제 송어, 달팽이 마늘 버터 볶음, 통닭 구이 한 쟁반, 새끼 돼지 한 마리…….'

거인은 제랄다가 만들어준 음식을 맛보고는 어린아이들을 먹고 싶다는 생각을 더는 하지 않게 됩니다. 거인이 살던 성의 요리사가 된 제랄다는 이웃에 사는 남자 거인, 여자 거인들을 위해 잔칫상을 차립니다. 그때부터 거인들은 아이들을 먹지 않게 됩니다. 마을 사람들은 제랄다 덕분에 숨어 있던 곳에서 밖으로 나와 함께 어울려 지내게 됩니다.

제랄다가 거인들에게 해준 '음식'이 의미하는 것은 무엇일까요? 왜 거인들은 제랄다의 음식을 나눠 먹고 아이들을 잡아먹지 않게 되었을까요? 우리는 함께 밥을 먹는 사람을 '식구(食口)'라고 합니다. 정신을 잃은 거인에게 제랄다가 정성껏 차려준 음식은 따뜻한 '모성'이자 함께 밥을 먹는 '식구'를 의미합니다. '혼자, 외로이' 였다면 아마도 거인은 사람 잡아먹는 습성을 여태 버리지 못했을 겁니다. 그런 의미에서, 우리가 자기 자신을 잡아먹는 거인이 되지 않기 위해서는 따뜻한 공동체의 '모성'을 회복하고, 함께 밥을 먹는 '식구'가 되어야만 합니다.

1931년 프랑스 스트라스브루에서 태어난 토미 웅게러는 어린 시절, 가난과 전쟁을 겪으며 방황했고, 학교에 적응하지 못해 쫓겨나기도 했습니다. 토미 웅게러가 그림책을 통해 반전과 평화, 인간에게 숨겨진 양면성을 주로 다룬 것은 어린 시절에 겪은 전쟁의 상처 때문이라고 합니다. 『꼬마 구름 파랑이』, 『크릭터』, 『세 강도』, 『달 사람』, 『곰 인형 오토』 등의 주옥같은 토미 웅게러의 그림책이 도서관에서 독자들을 조용히 기다리고 있습니다.

너는 특별하단다

– 맥스 루케이도, 『너는 특별하단다』 (고슴도치, 2002)

맥스 루케이도의 그림책 『너는 특별하단다』(고슴도치, 2002)를 딸에게 읽어주면서 신영복 선생의 '독버섯 이야기'가 떠올랐습니다.

등산을 하던 아버지와 아들이 있었습니다. 산길을 오르던 아버지는 버섯을 발견하고는 아들에게 말했습니다. "잘 봐. 이게 독버섯이야. 먹으면 큰 일 난다." 아들이 그 얘기를 듣고, "아, 이게 독버섯이구나!"하고 지나갔습니다. 그 말을 듣고 버섯은 큰 충격을 받았습니다. '내가 독버섯이구나. 누군가를 해치는 존재였구나!' 버섯이 슬퍼할 때 옆에 있던 버섯이 친구를 다독이며 말했습니다. "아니야. 저건 사람의 입장에서 볼 때 그런 거야. 넌 내게 좋은 친구야. 너는 사람들이 먹으라고 태어난 게 아니고 나와 친구가 되려고 태어난 거야." 슬퍼하던 버섯은 기운을 차렸습니다. '그래, 나는 독버섯이 아니야. 그냥 있는 그대로 나일뿐이야.'

그림책 『너는 특별하단다』에는 엘리 아저씨(목수)가 만든 웸믹이라는 나무 인형들이 나옵니다. 웸믹들은 언제부턴가 황금빛 별표와 잿빛 점표를 들고 다니며 만나는 웸믹들에게 별표나 점표를 붙이기 시작합니다. 별표를 더 많이 받기 위해 웸믹들은 끊임없이 경쟁하고 점표를 받지 않으려고 몸부림칩니다. 주인공 펀치넬로는 잿빛 점표 투성이입니다. 점표는 점표를 부르고, 별표는 별표를 부릅니다.

그런데, 루시는 별표에도 점표에도 관심이 없습니다. 누가 딱지를 붙여도 루시의 몸에서는 금방 떨어집니다. 루시가 그것에 신경을 쓰지 않기 때문입니다. 그런 용기는 어디서 얻었을까요?

루시는 펀치넬로에게 엘리 아저씨를 찾아가보라고 합니다. 펀치넬로는 용기를 내어 엘리 아저씨를 만나고 별표와 점표의 비밀을 듣게 됩니다.

동화 「못난이 옹기」에 나오는 꽃무늬 옹기는 통가마에서 불을 기다리며 특별한 옹기를 꿈꿉니다. 하지만 꽃무늬 옹기는 그만 그릇벽이 무너지고 맙니다. 옹기장 할아버지의 입장에서 꽃무늬 옹기는 쓸모 없는 못난이 옹기가 된 것입니다. 못 쓰게 된 옹기는 가마터 뒤편 대숲에 버려집니다. 사람의 입장에서 못 쓰게 된 옹기지만, 수많은 작은 생명이 어울려 사는 대숲에서는 결코 그렇지 않습니다. 다른 누군가에게는 못난이 옹기가 아니라 꼭 필요한 옹기가 될 수도 있습니다. 주둥이가 떨어져버린 약탕관은 작은 제비꽃을 기르며 행복을 느끼고 있습니다.

행복은 남들이 나를 어떻게 생각하느냐보다 내가 어떻게 생각하느냐에 달려 있습니다. 남들이 붙이는 딱지를 붙어 있게 하는 건 사실은 바로 자기 자신입니다. 좋은 말이든 나쁜 말이든 그것을 중요하게 여기면 마음에 남아 있게 됩니다. 주류에 속하고 싶어 나 자신의 정체성을 바꾸고 싶은 충동을 '커버링' 이라고 합니다. 주류에 편입되기 위한 '커버링' 은 진정한 나 자신이 되는 것을 가로막는 가장 큰 장애물입니다.

그림책의 서문에 '너는 단지 너라는 이유만으로 특별하단다' 라는 글이 있습니다. 너는 너인 채로, 나는 나인 채로, 우리는, 있는 그대로, 특별하고 소중한 존재입니다. 꾸미거나 바꾸거나 덧칠할 필요 없이, 본래, 우리는 충만하고 온전합니다.

3장　모든 기적은 '책 읽어주기'에서 시작된다

03

모든 기적은 '책 읽어주기'에서 시작된다

잠자리에서 엄마나 아빠의 품에 안겨
책 읽어주는 부모의 목소리를 듣는 것은
아이가 이 세상에서 경험할 수 있는 최고의 사랑이다.
교실에서 책 읽어주는 선생님의 눈빛과 목소리는
아이의 영혼에 그대로 아로새겨진다.
책 읽어주기는 우리 아이에게 햇볕을 쬐 주는 것과 같다.

생명수를 떠먹여주는 것과 같다.

책 읽어주기의 힘

진화심리학자 스티븐 핑커는 뇌가 독서를 배우는 방법을 '고생스럽게 추가, 조립해야 하는 액세서리' 라고 말했다. 소리에 관한 한 아이들의 선(線)운 이미 연결되어있지만, 문자는 고생스럽게 추가, 조립해야 하는 액세서리라는 것이다. 우리의 뇌는 말은 자연스럽게 할 수 있게 만들어져 있지만, 글은 자연스럽게 습득할 수 있도록 만들어져 있지 않다. 애초에 뇌는 독서를 염두에 두지 않은 것이다. 책을 읽는 행동은 인간에게 매우 부자연스러운 것이다. E. B 휴이는 "독서라는 과정은 문자를 단순히 시각적으로 읽는 행위만이 아니다. 독서는 인간의 행위 중에서도 가장 복잡다단한 활동 중의 하나."라고 거들었고, 멀린 위트록은 "우리는 하나의 텍스트를 이해하기 위해 단어의 사전적 의미로 읽는 데만 그치지 않고 그 텍스트를 위해 새로운 의미를 창조해낸다. 텍스트를 읽으면서 자신의 지식, 경험에 얽힌 기억으로 쓰인 문장, 절과 단락 사이의 관계를 구축해 가면서 의미를 만들어

낸다. 이처럼 독서는 뇌의 다양한 정보원 특히 시각과 청각 언어와 개념 영역을 기억의 감정 부분들과 연결하고 통합하는 매우 복잡한 과정이다. 그런데 이런 통합을 위해서는 뇌의 각 영역이 최소한의 성숙도를 확보해야 한다."고 지적했다.

그렇다면, '최소한의 성숙도'을 확보하기 위해 가장 필요한 것은 무엇일까? 그것은 바로 책 읽어주기다. 1979년 『하루 15분, 책 읽어주기의 힘』을 출간한 짐 트렐리즈에게는 어린 시절 책을 읽어 준 아버지가 있었다. 그때의 느낌과 추억을 아련하게 간직하고 있던 그는 마찬가지로 아버지처럼 자녀에게 매일 밤 책을 읽어 주었다. 그러다 우연한 기회에 많은 아이가 책 읽기를 즐기지 않는다는 사실을 알게 되었다. 그 이유가 부모와 교사에게 있음을 깨달은 트렐리즈는 자비로 이 책을 냈다. 그 후 트렐리즈의 책은 스테디셀러에 올랐고, 전 세계의 교실 풍경까지 바꿔 놓았다. 특히, 일본에서는 지금도 2만여 개가 넘는 학교가 매일 아침을 책 읽기로 시작하고 있다.

많은 부모가 자녀교육에 대해 노심초사하지만 어릴 때부터 침대 머리맡에서 책을 읽어주는 것보다 더 좋은 방법은 없다. 사실, 읽기는 모든 학습의 기초요 주춧돌이다. 책 읽기와 학업 성취가 밀접한 관련이 있다는 수많은 통계가 그것을 뒷받침한다. 읽기가 교육의 중심이고, 읽기가 최우선이다. 읽지 못하면 아무것도 시작할 수 없다. 어떻게 하면 아이의 읽기 능력을 키워줄 수 있을까? 가장 좋은 방법은 어릴 때부터 소리 내어 책을 꾸준히 읽어주는 것이다. 트렐리즈는 요람에서 10대 중반까지 아이들에게 책을 읽어주어야 한다고 주장한다.

핀란드 아이들은 여덟 살이 되어 글을 배우지만 읽기 능력과 학업성취도는 세계 최고이다. 왜 그럴까? 무엇보다 핀란드의 많은 가정은 책을 읽는 분위기이고, 아이에게 책을 읽어주는 일을 매우 강조한다. 한 학기 한 권 읽기를 학교에서 실천하고 있는 교사들의 역할도 막중하다. 좋은 책을 골라 아이들에게 열심히 읽어주자. 좋은 책과 책 읽어주는 당신의 목소리가 모든 어려움을 극복하게 해줄 것이다.

오직, 책 읽어주기를!

12월은 갈무리하는 달이다. 갈무리는 정리, 저장, 마무리를 뜻하는 순우리말이다. 한국어 대사전 예문으로 '어머니는 텃밭에서 수확한 채소의 갈무리 때문에 바쁘셨다' 나 '갈무리를 제대로 못 하면 그간의 노력이 헛수고가 될 수 있다' 로 쓰인다. 12월은 '시작이 반이다' 보다는 '석 달 장마에도 개부심이 제일' 이라는 속담이 어울린다. 개부심은 큰 장마가 끝난 후 한동안 쉬었다가 다시 퍼붓는 비를 말한다. 아주 새롭게 하는 것을 뜻한다. 마무리가 중요함을 빗된 속담이다.

올 한 해 '책 읽어주기' 강의를 하면서 만났던 수많은 선생님과 학부모와 아이들을 떠올려 본다. 지난주에는 경주 감포초등학교 학부모와 선생님을 만났다. 저녁 7시부터 시작된 책 읽어주기 연수는 9시 30분이 넘어서야 끝이 났다. 쉬는 시간도 없이 책 3권을 읽어드렸다. 다비드 칼리의 그림책 『나는 기다립니다』, 고 장영희 교수의 에세이집 『살아온 기적 살아갈 기적』, 김소연 시인의 에세이집 『한 글자 사전』이 그 주인공이다. 언제나 그랬듯 책 읽어주는 시간은 순수한 웃음과 따뜻한 공감이 넘치는 시간이다. 책 읽어주는 시간은 재미와 감동, 눈물과 성찰이 촛불처럼 타오르는 시간이다. 자신과 타인과 가족과 세상을 동시에 발견하는 시간이다. 아, 이토록 소중한 시간을 함께한 그리운 이들에게 축복을!

많은 부모가 자녀를 책 읽는 아이로 키우고 싶어 한다. 특별한 방법이 있는 줄 안다. 그렇지 않다. 방법이 아니라 실천만이 있다. 집에 책이 많으면, 교실에 학급문고가 많으면, 학교도서관이 훌륭하면, 공공도서관을 자주 이용하면, 자녀에게 책을 읽을 수 있는 좋은 환경을 제공한 것뿐이다. 책이 많다고 도서관이 좋다고 모든 것이 해결되지는 않는다. 가장 중요한 것은 책 읽어주기다. 뉴먼(Neuman)의 연구에 따르면, 책을 많이 읽는 사람들은 생후 6개월 정도부터 낮잠을 잘 때나 잠자리에서 부모가 매일 책을 읽어주었다고 한다. 또한 교사가 아이들에게 책을 읽어주고 그 이야기에 대해 토의하는 활동을 하면 아이들이 스스로 책을 더 많이 읽는다고 한다.

부모와 교사의 책 읽어주기는 우리 아이의 리터러시(읽고 쓰는 능력) 향상에 지대한 영향을 미친다. 집이나 학교에서 꾸준히 책 읽어주기를 경험한 아이들은 독해력과 어휘력에서 매우 우수한 성적을 받는다는 연구 결과도 있다. 잠자리에서 엄마나 아빠의 품에 안겨 책 읽어주는 부모의 목소리를 듣는 것은 아이가 이 세상에서 경험할 수 있는 최고의 사랑이다. 교실에서 매주 책 읽어주는 선생님의 눈빛과 목소리는 아이의 영혼에 그대로 아로새겨진다. 책 읽어주기는 우리 아이에게 햇볕을 쬐 주는 것과 같다. 생명수를 떠먹여주는 것과 같다.

막상 해보면 쉽지 않다. 책 읽어주기는 실천이 제일 어렵다. 강연장에서 만난 학부모와 교사들의 고충에 십분 공감한다. 퇴근하면 쉬고 싶다. 묵언하고 싶다. 하지만 아이들에게 꾸준히 책 읽어주기를 실천하는 위대한 부모와 교사들이 있다. 그들을 보고 힘을 내자. 우리도 할 수 있다. 오직, 책 읽어주기를!

책 읽어주는 선생님을 만날 확률

초, 중, 고등학교 12년 동안 책 읽어주는 선생님을 만날 확률은 얼마나 될까?

독서교육 컨설팅을 나갈 때마다 선생님이나 학부모들에게 "학창시절에 책 읽어주는 선생님을 만난 적이 있는 분?"하고 물어본다. 안타깝게도 그런 축복을 받은 사람은 매우 드물다. 지난주에 독서컨설팅을 위해 경주 용강초등학교 선생님 40여분을 만났다. 운 좋게도 학창 시절에 책 읽어주는 선생님을 만난 적이 있는 축복받은 분이 거기 있었다. 고등학교 때 은사님이 꾸준히 책을 읽어주셨다며, 자신도 지금 교실에서 아이들에게 책을 읽어주고 있다고 했다.

나도 중학교 1학년 때 책 읽어주는 선생님을 처음이자 마지막으로 만났다. 사자머리를 한 씩씩한 국어선생님이었는데 범우사에서 나온 만해 한용운의 시집 『님의 침묵』을 수업시간마다 읽어주셨다. 하늘(?) 같은 선생님이 책 읽어주는 게 하도 신기해서 그 모습을 뚫어져라 쳐다보곤 했다. 도대체 시가 뭔데 저렇게 행복해할까, 시집이 뭔데 저토록 재미있는 사연이 많을까, 몹시 궁금했다.

남빈 사거리 학원사에 들러 시집을 꺼내 보거나 대학노트에 시 비슷한 것을 끄적거리기 시작한 것도 그 무렵이었다. 그런 습관들이 훗날 책 읽기에 재미를 붙이고 글을 쓰는 데 큰 도움이 되었다. 중학교 때 만난 그 선생님의 책 읽어주기가 내 인생에 좋은 영향을 끼쳤음을 부인하기 어렵다. 경주 용강초등학교에서 만난 그 선생님도 책 읽어주는 은사님 이야기를 할 때 눈빛이 반짝거리고 목에 힘이 들어갔다. 교실에서 아이들에게 책 읽어주기를 실천할 수 있는 에너지가 거기서부터 나오지 않았을까 짐작해본다.

1979년 『하루 15분, 책 읽어 주기의 힘』을 출간한 짐 트렐리즈는 선생님 대신에 어린 시절 책을 읽어 준 아버지가 있었다. 그때의 느낌과 추억을 아련하게 간직하고 있던 그는 마찬가지로 아버지처럼 자녀에게 매일 밤 책을 읽어 주었다. 그러다 우연한 기회에 많은 아이가 책 읽기를 즐기지 않는다는 사실을 알게 되었다. 그 이유가 부모와 교사에게 있음을 깨달은 트렐리즈는 자비로 이 책을 냈다. 그 후 트렐리즈의 책은 스테디셀러에 올랐고, 전 세계의 교실 풍경까지 바꿔 놓았다. 특히, 일본에서는 지금도 2만여 개가 넘는 학교가 매일 아침을 책 읽기로 시작하고 있다.

한국의 교실 풍경도 이제 달라질 전망이다. 2015 개정 교육과정 국어 교과서에 〈독서 단원〉이 신설된 것이다. '독서에 관해서'가 아니라 '독서' 그 자체를 위한 수업 시간이 정규 교육과정에 편성되었다. 〈한 학기 한 권 읽기〉는 올 2018년부터 초등학교 3, 4학년과 중, 고등학교 1학년, 2019년에는 초등학교 5, 6학년과 중, 고등학교 2학년, 2020년에는 중, 고등학교 3학년이 적용된다. 초등 3, 4학년은 한 학기에 최소 8시간 이상, 초등 5, 6학년은 최소 10시간 이상, 중, 고등학교는 자율적으로 편성하도록 했다. 교과서에 실린 글 일부가 아닌 책 한 권, 작품 전체를 온전히 읽는 것이 〈한 학기 한 권 읽기〉의 주요 내용이다.

우리 아이들은 교실에서 책 읽어주는 선생님을 만날 확률이 매우 높아졌다. 천만다행이다. 책 읽어주는 선생님이 아이들에게 끼칠 영향은 짐작하기도 어렵다. 좋은 책을 꾸준히 읽어주고 또 아이들과 함께 읽으면서 책 읽기의 즐거움과 아름다움을 나누는 모습은 상상만 해도 행복하다. 사족이지만, 혹시 〈한 학기 한 권 읽기〉를 수업시간에 아이들에게 책 읽히는 시간으로 오해하는 선생님이 부디 없길 바란다. 아이들에게 꾸준히 책 읽어주는 선생님과, "얘들아, 책 읽어라!" 말만 하는 선생님은 아이들의 기억 속에 서로 다르게 저장되기 마련이니까.

책 만 권을 읽으면 신들린 듯 글을 쓸 수 있다

논어(論語) 선진편(先進篇)에 이런 일화가 전한다.

어느 날 자로가 공자에게 물었다. "좋은 말을 들으면 바로 행동에 옮겨야 합니까?" 공자는 "어떻게 바로 행동에 옮기려 하는가? 좀 더 신중을 기하라."고 답했다. 자로가 자리를 비운 사이, 염유가 똑같은 질문을 했다. "좋은 말을 들으면 바로 행동에 옮겨야 합니까?" 공자가 대답했다. "알면 바로 실천에 옮겨야 한다." 옆에서 그 모습을 지켜보던 공서화가 이해하기 어렵다는 듯 공자에게 물었다. "어찌하여 똑같은 질문에 서로 다른 답을 주십니까?" 공서화의 물음에 공자는 말했다. "염유는 물러나므로 격려하여 나아가게 한 것이고, 자로는 다른 사람보다 지나치므로 매사에 신중하라고 한 것이다." 이처럼 공자는 저마다 타고난 소질과 성품을 고려하여 그에 맞는 가르침을 주었다. 공자의 철학과 지혜가 담긴 이 교육법을 '인재시교'라 한다.

지난 2009년 중국에서 출간되어 220만 부가 넘게 팔린 인젠리의 자녀교육서 『인재시교』(팝콘북스, 2011)도 그러한 맥락에서 출발한다. 인젠리의 자녀교육법 중에 한국의 부모들과 공유했으면 하는 부분이 있어 몇 가지 소개하고자 한다.

아이가 뛰어놀거나 걷다가 돌부리나 의자 같은 물체에 부딪혀 울 때가 종종 있다. 그럴 때 부모는 아이를 달래면서 동시에 그 물체를 손으로 때리는 시늉을 한다. 인젠리는 그것을 일종의 '보복행위'로 보고 나쁜 육아법이라고 지적한다. 어떤 부모는 아이에게 다른 사람을 때리라고 가르친 것도 아닌데 아픔을 못 느끼는 의자 좀 때린 게 뭐가 대수냐고 생각할 수도 있겠지만 아이의 눈에는 모든 것이 똑같은 생물체로 보인다. 백지장처럼 순수한 아이들에게 그러한 경험은 체험이 되고 학습이 되어 누적되기 때문이다. 프랑스 사상가 루소도『에밀』에서 사람의 도덕성은 태어나는 순간 형성되고, 순수하고 순결한 시기에 느끼고 이해한 것은 평생 지워지지 않는다고 말했다. 따라서 부모는 날마다 맞닥트리는 '사소한 일'이 아이에게 아름다운 감정의 빌딩을 쌓는 벽돌이 되게 조심해야 한다고 인젠리는 조언한다.

인젠리의 딸 위엔위엔은 열여섯 살의 나이에 대학입학시험에 응시해 상위 0.2%안에 들어 칭화대학교와 홍콩의 명문대에 동시 합격했다. 또한 독립심과 배려심이 강해 베이징 시가 모범학생으로 선정했을 만큼 훌륭한 인재로 자랐다. 그 바탕에는 '고시(古詩)를 읽으며 자란' 위엔위엔의 유년시절이 있는데 인젠리는 아이가 어릴 때부터 고시를 많이 읽고 암송하는 것은 매우 효과적인 교육방법이라고 소개한다.

나도 해마다 학급경영의 중요한 활동으로 학생들에게 시 암송을 주문한다. 흥미와 동기, 게임과 미션이라는 큰 틀에서 매주 진행되는 시 암송은 학생들에게 많은 자극을 준다. 경험상 좋은 시를 함께 읽고 외는 활동은 교육적 효과가 매우 크다. 시 암송을 통해 무엇을 얻으려는 마음을 버리고 그저 시를 즐기고 함께 나눈다는 마음으로 접근하면 학생들도 즐겁게 따라온다. 매년 30편 내외의 시를 암송하는데도 학생들의 정서순화와 언어구사능력에 많은 도움을 준다. 하물며 수 백 편의 고시를 가슴에 담아두고 즐길 줄 아는 위엔위엔이 다방면에 두각을 나타내는 것은 어쩌면 당연한 일일지도 모르겠다. 지금부터라도 가정에서 자녀와 함께 시 암송을 시작해보면 어떨까?

마지막으로 아이의 글쓰기 능력을 키울 수 있는 방법을 살펴보자. 인젠리는 오랜 경험에서 얻은 결론으로 단 두 글자, '독서'를 든다. 많은 영재들이 가진 공통점은 '풍부한 독서량'이다. 어릴 때부터 많은 책을 읽은 위엔위엔은 초등학교 2학년 때부터 장편소설(무협지)을 읽기 시작했다고 한다. 글쓰기 능력이란 따로 존재하는 것이 아니다. 풍부한 독서와 다양한 체험의 기름진 토대 위에 자연스럽게 피는 꽃 같은 것이다. 중국 당나라 때의 시인 두보는 '독서파만권(讀書破萬卷) 하필여유신(下筆如有神)'이라는 말을 남겼다. "책 만 권을 읽으면 신들린 듯이 글을 쓸 수 있다."

깊이 새겨야 할 명문이 아닐 수 없다.

독서로 경쟁시키지 마라!

독서 교육의 목표는 평생 독자를 기르는 것이다. 한 학기 한 권 읽기의 목표도 학생들이 독서를 즐기는 평생 독자로 자라도록 동기를 부여하는 것이다. 하지만 대한민국 국민의 독서 실태 조사 결과를 보면 평생 독자를 기르는 일이 얼마나 어려운 일인가를 짐작하게 된다. 초등 저학년은 문턱이 닳도록 도서관을 드나들지만, 고학년이 되면 발길은 뚝 끊긴다. 중, 고등학교를 거쳐 성인이 되면 독서율은 급격하게 감소한다. 입시 지옥을 거치며 책은 거들떠보기도 싫어지는 것이다.

2018년 기준, 세계 독서율 1위인 핀란드의 대표적인 독서교육은 자녀가 어릴 때부터 부모가 책을 읽어주는 것이다. 학교에서는 교사가 아이들에게 책을 읽어준다. 공공도서관에는 연령별, 주제별 다양한 책 읽어주기 프로그램이 쉴 새 없이 열린다. 이는 핀란드가 독서와 독서 동기를 촉진하는 내재적 동기 부여를 성인과 아이들에게 잘하고 있다는 뜻이다.

캠번은 언어 학습의 조건 중에 학생들을 독서에 참여시키는 필수 요소로 '몰입' 과 '시범' 을 들었다. '기대, 책임, 사용, 유사성, 반응' 도 간접 조건에 속한다. 이는 '보상', '경쟁', '효용' 등과 같은 외적 동기 부여가 아니라 내재적 동기이기 때문에 훨씬 더 효과적이고 지속적이다. '몰입', '시범' 같은 내재적 동기 부여는 독서에 대한 학생들의 긍정적인 태도를 고양시킨다. 무엇보다 독서교육의 궁극적인 목표인 '평생 독자' 양성에 가장 효과적이다.

안타깝게도 수많은 한국의 교사들은 새 학년이 되면 어김없이 교실 환경판에 독서오름길이나 독서인증제, 독서사다리 같은 '경쟁' 과 '보상' 의 외적 동기를 이용한다. 독서 지도를 위해 외적 동기인 '보상', 다른 학생과의 '경쟁', 독서의 '효용성' 을 강조하는 것이다. 굿과 브로피(Good, Brophy, 1987)는 "보상은 수행의 질보다는 노력의 수준을 자극한 데 더욱 효과적"이라며, "보상은 매력적이거나 흥미로운 과업보다는 지루하거나 불쾌한 작업에 더 사용된다"고 지적했다. 지루하거나 불쾌한 작업에 효과적인 것이 바로 보상이다. 아울러, '보상' 은 학생들의 개인차를 고려해야 한다.

'경쟁' 은 학교에서 널리, 오랫동안, 강력하게 쓰였다. 경쟁 요소를 도입한 독서 프로그램, 이를테면, 독서 골든벨, 독서 토론대회 같은 프로그램은 '평생 독자' 를 기르려는 독서교육의 목표와는 방향이 다르다. 보여주기 행사, 보도 자료용 행사로 남을 가능성이 많고 사실 그래왔다. 경쟁은 반드시 승자와 패자를 만든다. 입시 경쟁으로 학교가 지옥이라는 학생들에게 독서마저도 경쟁하게 만드는 일은 참으로 어리석고 비인간적인 짓이다. 다행스럽게도 최근에는 학교 안팎에서 비경쟁 독서 교육이 회자되고 있다.

'보상', '경쟁' 보다는 책 읽는 교실 분위기를 조성하는 것이 독서 동기를 높이는 첫걸음이다. 교사는 인내심을 가지고 편안하게 책을 읽을 수 있는 교실 분위기 조성에 힘써야 한다.

핀란드의 독서 교육은 교육부나 독서단체에서 주도하지 않는다. 핀란드의 부모는 자녀가 어릴 때부터 불문율처럼 책을 읽어주고 책과 가까이 지내도록 배려한다. 교사는 교실에서 활발하게 책을 읽어주고 편안하게 책을 읽을 시간과 환경을 제공한다. 공공도서관은 부모와 아이들이 다양한 독서프로그램에 참여하도록 유도하고 지원한다.

올 초 지역 공공도서관에서 모집한 저학년 독서회(책 읽어주기 프로그램) 모집 정원은 15명이었다. 인터넷 접수 10초 만에 15명 접수가 완료됐다. 대기자가 속출했고 인터넷이 다운됐다. 그만큼 독서프로그램에 대한 수요가 많다는 뜻이다. 일회성, 보여주기식 행사가 아닌 학부모와 아이들이 상호 소통하는 유기적인 독서 프로그램이 더 많아져야 한다. 학교 도서관은 매년 가을 무렵에 독서 행사(독서주간)를 연다. 17년 동안 봐 왔지만, 시기나 내용이 천편일률이다. 공공도서관이든 학교 도서관이든 이제 변해야 할 때다.

만화책만 보는 아이 어떻게 할까?

독서 강연을 다니다 보면 가장 많이 듣는 질문이 “우리 아이는 만화책만 봐요. 어떻게 하면 될까요?”란 말이다. 걱정스러운 얼굴로 학부모든 교사든 이구동성으로 묻는다. 요즘은 모출판사의 Why 시리즈나 Who 시리즈 같은 수준 높은 학습만화가 많다. 작품성이 뛰어난 역사만화, 인물만화도 많이 나왔다. 만화 마니아들은 어떤 만화는 웬만한 문학 작품보다 작품성과 상상력이 뛰어나다고 추켜세운다. 인정한다. 만화라고 무조건 부정적으로 볼 것은 아니다. 학부모나 교사들이 걱정하는 것은 아이들이 ‘만화만 본다’ 는 것이다.

내가 아는 지인 중에는 어릴 때부터 만화나 무협지를 읽고 꿈을 키운 이도 많다. 무조건 ‘만화는 안 돼!’ 는 어리석은 일이다. 독서수준이 낮거나 책 읽기를 싫어하는 아이가 만화책이라도 보는 것은 환영할 만하다. 잔인하거나 괴기스럽거나 야하거나 현실을 벗어나 허무맹랑한 만화만 아니면 무조건 금지할 필요는 없다.

학습만화는 분명 배경지식을 넓히는 데 도움을 준다.

만화책의 단점이라면 빠른 장면 전개와 화려한 이미지 등으로 생각할 여유를 주지 않는다는 것이다. 가뜩이나 요즘은 텔레비전이나 유튜브, 인터넷, 스마트폰의 영향으로 줄글책을 읽어낼 아이들의 인내력이 바닥이다. 그럴수록 아이들은 점점 책과 멀어지게 된다. 또한 만화는 만화의 특성상 시공간의 분위기와 맥락을 제대로 담을 수 없다. 그렇기 때문에 만화는 아이들에게 단편적인 지식이나 의미밖에 줄 수 없다.

무엇보다 만화는 중독성이 있다. 한번 빠지면 아이들은 만화책만 찾게 된다. 마치 텔레비전이나 스마트폰 영상을 보듯이 아무 생각 없이 빠져들게 때문이다. 특히, 저학년 아이들이 그렇다. 어릴 때부터 만화책에 자주 노출되면 줄글책을 좀처럼 읽으려 들지 않는다. 만화의 특징은 빠른 전개, 과감한 생략과 과장된 비유다. 어린 아이들을 그런 맥락을 곱씹어 생각하지 못하고 무차별적으로 받아들이게 된다. 어릴수록, 저학년 일수록 폐해가 크다.

이러한 만화의 단점을 보완하려면 우선 어릴 때부터 그림책을 읽혀야 한다. 아니 그림책을 꾸준히 읽어줘야 한다. 저학년 때일수록 교사는 좋은 그림책을 많이 소개하고 꾸준히 읽어줘야 한다. 빠른 전개, 생략, 과장이 만화가 가진 특징이라면 그림책은 꼼꼼한 묘사와 차분한 설명이 특징이다. 대개의 그림책은 글의 양이 많지 않아서 줄글책을 부담스러워하는 아이들도 별 거부감 없이 받아들인다. 요즘 그림책은 그 작품성과 예술성이 상상을 초월한다. 어른들이 읽다가 감동받아 눈물을 흘릴 정도다. 그림책의 그림은 만화의 그림과는 확연히 다르다. 그림책은 아이들을 상상하게 하고 꿈꾸게 한다. 그리고 무엇보다 생각의 여백과 여운이 있다. 그림책은 아이들의 마음에 여운을 남긴다.

또 다른 방법으로는 만화를 좋아하는 아이에게 관련 도서를 넌지시 권해주는 것이다. 그리스로마 신화 만화에 푹 빠진 아이들이라면 그리스로마 신화 책을 권해주는 것이다. 잘 아는 내용이라 자연스럽게 줄글책으로 연계될 수 있다.

'무조건 만화는 안 돼!' 는 부작용을 낳는다. 좋은 만화도 많다. 만화책에 푹 빠져 있다고 해도 걱정할 필요는 없다. 다만 우리 아이가 어떤 책을 좋아하는 지 옆에서 잘 살펴보고 조언해주고 좋은 책을 소개해줄 수 있어야 한다. 단번에 바꾸려하지 말고 천천히 찾아주고 권해주면 좋다. 만화책은 장점과 단점이 존재하는 책이다. 장점은 살리고 단점은 최소화하면 된다.

우리 아이가 무엇을 좋아하고 어떤 책을 즐겨 읽는지 살펴보고 관련 책을 소개해주면 자연스럽게 만화책에서 줄글책으로 넘어갈 수 있다. 만화책만 보는 우리 아이가 잘못한 것은 하나도 없다. 조언해주고 격려해주고 안내해 줄 현명한 부모와 교사가 필요할 뿐이다.

우리 아이 독해력

위리안치가 따로 없다. 코로나 19라는 보이지 않는 가시가 집과 집, 사람과 사람 사이를 가로막고 있다. 어른이야 그렇다손 치더라도 아이들이 무슨 죄인가. 황사와 미세먼지 때문에 '집콕' 했던 것도 억울한데, 이번엔 코로나 19로 학교도 못 가고 집에 갇혀 시름시름 앓는 중이다. 그런데다 온라인 개학까지 한다니 기가 찰 노릇이다. 컴퓨터나 스마트 기기를 이용해 수업을 들어야 한단다. 원격수업을 받아본 사람은 안다. 웬만한 동기와 의지가 아니고서는 꾸준히 집중하기 어렵다는 것을. 하물며, 아이들이야! 아이들의 온라인 수업은 조력자가 있어야 한다. 곁에서 추임새를 넣어줄 고수나 페이지를 넘겨줄 페이지 터너가 필요하다. 엄마나 아빠, 할머니나 할아버지가 곁에서 거들어주면 더할 나위 없겠지만 상황이 여의치 않다면 담임 선생님의 특별한 관심이 필요하다.

초등학생에게 가장 중요한 공부는 독서와 글쓰기다. 초등교육의 핵심은 독서와 글쓰기의 기초능력을 길러주는 것이다. 더 나아가 이중에 한 가지만 고른다면, 단연코, 독서다. 독서를 통해 '글을 읽고 이해하는 능력, 즉, 독해력' 을 키우는 것이 가장 중요하다. 우리 아이의 독해력 수준은 어떨까? 지난주에 초등 3학년 딸과 탈무드의 '마법의 사과' 를 읽고 토론, 글쓰기를 했다. 원문은 〈탈무드〉를 찾아 읽어보면 좋겠다. 〈탈무드〉는 초등학생 자녀와 읽고 토론하기 좋은 책이다. 자녀와 함께 다음 글을 읽어 보자.

"어떤 왕에게 아름다운 공주가 있었다. 공주는 병에 걸려 위급했다. 왕은 딸의 병을 고쳐주면 딸과 결혼시키고 자신의 왕위를 물려주겠다고 선포했다. 그때 먼 지방에 삼형제가 있었다. 그들 형제는 각자 보물을 가지고 있었다. 첫째 형은 어느 곳이라도 볼 수 있는 마법의 망원경을, 둘째는 하늘을 날 수 있는 마법의 양탄자를, 막내는 어떠한 병도 고칠 수 있는 마법의 사과를 갖고 있었다. 그들 중 첫째가 그 소식을 알고는 공주의 병을 고쳐주자고 말했다. 삼형제는 마법의 양탄자를 타고 날아가, 마법의 사과를 공주에게 먹였다. 공주는 씻은 듯이 병이 나았다. 왕은 너무나 기뻐 삼형제 중 한 사람을 사위로 맞겠다고 했다. 그러나 누구를 사위로 삼을지 난감했다. 만일 여러분이 왕이라면 누구를 사위로 맞을 것인가?"

'마법의 사과' 를 읽고 요약할 수 있는가? 모르는 낱말의 뜻을 짐작할 수 있는가? 육하원칙 질문, 만약에 질문, 왜 질문 등에 답할 수 있는가? 우리 아이의 독해력 수준을 가늠해보려면 책 읽어주기를 통해서 점검해야 한다. 독해력은 꾸준한 독서토론, 글쓰기를 통해 향상된다. 딸은 마법의 망원경을 가진 첫째가 공주와 결혼해야 한다고 말했다. 첫째가 아니었으면 공주가 아픈 걸 몰랐을 거라며. 책에는 마법의 사과를 가진 셋째와 결혼해야 한다고 나온다. 셋째에게는 아무것도 남아 있지 않기 때문이다. 하지만 우리는 토론을 통해 새로운 결론에 도달했다. 왕이 아니라 공주가 삼형제와 각각 데이트를 해보고 결정하는 것이 옳다고. 누구의 공이 더 큰가보다 누가 공주의 취향이나 성격에 잘 맞는 사람인지가 더 중요하다고. 코로나 19로 자녀와 독서토론 할 시간이 늘었다. 그건 고맙다.

칼 비테의 자녀교육

올해로 교직 20년 차에 접어든다. 초임 발령을 받은 지가 엊그제 같은데 벌써 시간이 그렇게 흘렀다. 그동안 많은 것을 느끼고 배우고 깨달았다. 수많은 사고와 시행착오가 있었고 앞으로도 아마 그럴 것이다. 청하, 구룡포, 죽장, 상옥, 달전 등을 거치면서 만난 아이들의 해맑은 얼굴이 떠오른다. 그와 동시에 아이들의 부모님도 몇몇 떠오른다.

학교에 있으면서 느낀 것 중의 하나는 아이를 보면 부모를 알 수 있고, 부모를 보면 아이의 장래를 짐작할 수 있다는 것이다. 매주 화요일마다 SBS에서 방영하는 〈우리 아이가 달라졌어요〉라는 프로그램은 '내 아이의 문제는 어디서부터 비롯됐나?'를 섬뜩하게 보여준다. 문제는 늘 부모에게 있었다. 곱씹어보면 참으로 무서운 일이 아닐 수 없다. 농사 중에는 자식 농사가 가장 어렵고, 노릇 중에는 부모 노릇이 가장 어렵다. 부모의 말 한마디, 행동 하나하나가 고스란히 아이의 마음에 쌓인다고 하니 지난해

첫딸을 얻은 나도 어깨가 무거워짐을 느낀다. 가뜩이나 학교폭력과 무한경쟁으로 흉흉한 세상이니 부모의 올바른 가정교육은 더욱 절실하다.

그런 의미에서 『칼 비테의 자녀교육법』(베이직북스, 2008)은 일독할만하다. 사실 이 책은 지난 200년 동안 영재교육의 경전으로 불리며 많은 사람에게 읽혔다. 하지만 오늘날의 관점에서 봤을 때 영재교육보다는 올바른 가정교육의 한 예로 소개하는 것이 더 적절할 듯하다. 무엇보다 이 책의 가치는 칼 비테가 손수 실천한 가정교육의 면면에 있다. 200년이나 지났지만 칼 비테와 그의 아내가 보여준 자녀교육에 대한 소신과 헌신이 그저 놀라울 따름이다.

칼 비테(1748~1831)는 19세기 독일의 유명한 천재였던 Jr. Witte의 아버지이자 목사였다. 그는 미숙아로 태어난 아들을 가정교육을 통해 훌륭하게 길러 낸 경험을 바탕으로 1818년「칼 비테의 교육」이란 책을 썼다. 당시 루소와 페스탈로치는 재능과 환경의 중요성을 각각 강조했다. 칼 비테는 페스탈로치의 견해에 가까웠지만 전적으로 동의하지는 않았다. 다만 모든 아이들이 서로 다른 재능을 가지고 태어나지만 잠재력을 개발할 수 있는 교육을 받는다면 누구나 80~90%까지 재능을 발휘할 수 있다고 생각했다. 아이는 누구나 잠재력(가능성)을 가지고 있다는 것을 중요하게 여겼고 특히, 4세 이전의 환경이 아이의 인격과 재능, 소질에 큰 영향을 준다고 칼 비테는 굳게 믿었다.

“그렇다면 아이에게 무엇을 가르쳐야 할까? 첫째는 언어, 음악, 문자, 그림과 같이 지능을 형성하고 대뇌 활동의 기초가 되는 것과 둘째는 올바른 인성과 태도다.” 칼 비테는 가난한 시골의 목사였지만 아이에게 필요한 것이 무엇인지 정확하게 알고 있었다. 또한 성공적인 자녀교육의 첫걸음은 “아이가 무엇을 원하는지 부모가 금세 알아차리는 것”에 있고, 이는 “부모와 아이가 하나의 띠로 연결되었다는 뜻으로 훗날의 교육에 감정적인 기초”가 된다고까지 말한다. 오늘날의 교육이론에 견주어 봐도 전혀 모자람이 없다.

이밖에, 아이가 즐겨 먹는 음식과 식습관의 중요성, 청각으로부터 시각, 미각에 이르는 오관 훈련, 카드를 통해 게임하듯이 가르친 신화와 성경과 역사, 무엇을 물어도 인내심을 가지고 대답해 줌으로써 기를 수 있었던 창의력과 상상력……. 칼 비테는 늘 아이의 흥미를 불러일으키고 문제를 제기하도록 동기를 부여했다. 한 번은 아들이 바다에 관한 책을 읽고 바다를 무척 보고 싶어 했다. 내륙지방에 사는데다 가난한 목사였던 칼 비테는 아들에게 바다를 보여주기 위해 돈을 조금씩 모았고 마침내 지중해를 향해 떠났다. 처음 바다를 본 아들은 매우 기뻐했다. 칼 비테는 늘 ‘백문이불여일견’의 신념을 지켰다. “책을 만권 읽는 것보다 천릿길을 돌아다니며 직접 보는 것이 더 낫다. 자연과 현실은 책보다 더 풍부하고 생동감 있는 지식과 지혜를 가르친다.”를 믿고 실천한 것이다.

칼 비테의 자녀 교육법을 읽다 보면 어느 부분에서 머리가 숙연해진다. 결코, 쉽지 않은 일이지만 그렇다고 쉽게 포기할 수는 없다. 부모란 그런 것이 아닐까?

구룡포 황보태조 씨의 자식 농사

세상에서 가장 어려운 농사는 자식 농사라고 한다. 부모 마음대로 되지 않으니 그렇다. 기실 자식 농사는 마음대로 안 되는 게 정상이다. 자식을 부모 마음대로 어찌 해보려는 게 화근이고 욕심이다.

예전에 행동주의 심리학자 왓슨(Watson)은 이런 말을 했다.

"내게 잘 성장되고 건강한 12명의 아이를 달라. 그리고 나의 특별한 세계 속에서 그들을 양육하게 하라. 그러면 나는 임의로 배정된 어느 누구라도 그의 재능, 기호, 성격, 소질, 능력, 조상의 경력에 관계없이 내가 선택한 어떤 특별한 유형의 사람 이를테면, 의사, 법률가, 예술가, 사업가, 심지어 거지나 도둑으로도 훈련시킬 수 있다고 확신한다."

사람이 로봇이라면 가능할 지도 모르겠다. 각각의 프로그래밍을 통해 원하는 방향으로 설계할 수 있을테니까. 하지만 행동주의의 한계는 극명하다. 자녀의 성격과 기질을 살피고 수평적 위치에서 자녀의 인격을 존중하며 나아가 삶의 조력자가 되기를 바라는 부모 입장에서는 천인공노할 소리다.

구룡포 농부 황보태조 씨의 5남매는 서울대 의대, 경북대 의대, 카톨릭대 약학과로 진학하여 4명은 의사, 1명은 약사가 되었다. 고등학교 중퇴 학력이 전부인 황보태조 씨의 화려한(?) 자식 농사는 언론매체를 통해 세상에 소개되고 책까지 출간하게 된다. 항간에 사람들은 황보태조 씨가 5명의 자식을 모두 의사, 약사로 만들었다고 생각한다. 마치 행동주의 심리학자 왓슨(Watson)처럼 말이다. 무언가 대단한 방법이 있는 줄 안다. 황보태조 씨의 책을 찾아 읽고 강연을 듣기도 했지만 그래봐야 특별한 것은 없다. 굳이 요약하자면, 공부를 놀이처럼, 질책보다는 칭찬을, 아이에 따른 교육법을, 그리고 성실 근면하셨던 부모의 모범이 원동력이 되었다.

예전에 '칼 비테의 자녀교육법' 을 소개한 적이 있다. 약 270년 쯤 시공간의 차이는 있지만, 칼 비테와 황보태조 씨는 좋은 부모로서 서로 닮았다. 칼 비테(1748~1831)는 19세기 독일의 유명한 천재였던 Jr. Witte의 아버지이자 목사였다. 그는 미숙아로 태어난 아들을 가정교육을 통해 훌륭하게 길러 낸 경험을 바탕으로 1818년 「칼 비테의 교육」이란 책을 썼다.

당시 루소와 페스탈로치는 재능과 환경의 중요성을 각각 강조했다. 칼 비테는 페스탈로치의 견해에 가까웠지만, 전적으로 동의하지는 않았다. 다만 모든 아이가 서로 다른 재능을 가지고 태어나지만, 잠재력을 개발할 수 있는 교육을 받는다면 누구나 80~90%까지 재능을 발휘할 수 있다고 생각했다. 아이는 누구나 잠재력(가능성)을 가지고 있다는 것을 중요하게 여겼고 특히, 4세 이전의 환경이 아이의 인격과 재능, 소질에 큰 영향을 준다고 칼 비테는 굳게 믿었다.

"그렇다면 아이에게 무엇을 가르쳐야 할까? 첫째는 언어, 음악, 문자, 그림과 같이 지능을 형성하고 대뇌 활동의 기초가 되는 것과 둘째는 올바른 인성과 태도다."

칼 비테는 가난한 시골의 목사였지만 아이에게 필요한 것이 무엇인지 정확하게 알고 있었다. 또한 성공적인 자녀교육의 첫걸음은 아이가 무엇을 원하는지 부모가 금세 알아차리는 것에 있고, 이는 부모와 아이가 하나의 띠로 연결되었다는 뜻으로 훗날의 교육에 감정적인 기초가 된다고 말했다.

황보태조 씨는 책 출간 후 받은 인세를 전액 사회에 기부했다. 그의 5남매가 모두 의사, 약사가 된 것보다 부모의 따뜻한 가슴을 이어받은 자녀들이 어떤 나눔의 삶을 살 것인가가 더 궁금하고 가슴 설렌다. 자식 잘 키워, 세상을 이롭게 하는 일보다 더 훌륭한 일이 어디 있겠는가?

우리 아이 독토글 습관 기르기

학부모 교육 설명회가 강당에서 열렸다. 작년과는 다르게 저녁 시간을 이용해 학급별로 학부모와 상담을 했다. 직장에 다니는 학부모를 위한 배려였는데 기대 이상으로 많은 어머니가 찾아주셨다. 예나 지나 자녀교육에 대한 높은 관심을 실감할 수 있었다. 마지막 차례에 '우리 아이를 위한 독토글 습관 기르기'라는 주제로 학부모에게 강연한 내용을 독자 여러분께 소개하고자 한다.

'독토글'이란 '독서, 토론, 글쓰기'의 줄임말이다. 요즘 교육의 세 가지 화두라고 할 수 있는데 사실 공부의 시작과 끝이 '독토글'에 다 있다. 어릴 때부터 '독토글' 습관을 길러주는 것은 매우 중요하다. 재산을 많이 남겨주기보다 '독토글' 습관 몇 가지 심어주는 게 더 값진 일이다. 그렇다면 우리 아이에게 '독토글' 습관을 어떻게 하면 제대로 심어줄 수 있을까?

먼저 독서를 보자. 책 읽기를 즐기는 아이, 누가 뭐라 하지 않아도 스스로 책을 찾아 읽는 아이로 만들려면 무엇보다 학부모의 두 가지 실천이 필요하다. 첫째는, 어릴 때부터 꾸준히 책을 읽어 주는 것이다. 어릴 때부터 꾸준히 책을 읽어준 아이와 그렇지 않은 아이는 눈빛부터가 다르다. 『하루 15분, 책 읽어주기의 힘』의 저자 짐 트렐리즈는 아이가 뱃속에 있을 때부터 시작하여 열네 살이 될 때까지 읽어주라고 조언한다. 읽기 연령과 듣기 연령이 같아지는 때를 열네 살로 볼 때, 최소한 이때까지는 읽어주어야 하고, 또 읽어줄 수 있다는 것이 그의 주장이다. 현재 미국의 명문대학교에서 입학사정관으로 활동하고 있는 톰 파커는 자녀의 성적에 급급해하는 부모들에게 이렇게 말한다. "이 세상 최고의 SAT(미국 대학수학능력시험의 하나) 준비는 아이가 어릴 때부터 침대 머리맡에서 책을 읽어 주는 것이다. 아이가 행복을 느끼면, 스스로 책을 읽기 시작할 것이기 때문이다."

둘째, 평소 책 읽는 부모의 모습을 자녀에게 보여주는 것이다. 아이는 부모의 모든 것을 따라 하기 마련이다. 가사와 직장에 시달리느라 책은커녕 잠잘 시간도 모자란다고 하소연하는 부모가 많지만 독서습관이 자녀의 미래를 결정짓는 중요한 척도라고 생각한다면 결코 게을리할 수 없을 것이다. 가장 좋은 형태는 '공부하는 부모' 다. 공부하는 부모 옆에 공부하는 자녀가 있고, 책 읽는 부모 옆에 책 읽는 자녀가 있다. 콩 심은 데 콩 나고 팥 심은 데 팥 난다는 말이 기실 그런 뜻 아니겠는가!

토론 습관은 어떻게 기를 수 있을까? 여기에서의 토론은 넓은 의미의 토론이다. 디베이트를 포함한 토의, 협의까지를 포함한다. 토론습관을 기르기 위해 가장 필요한 것은 '경청'과 '대화'다. 경청이란 귀 기울여 주의 깊게 듣는다는 뜻이다. 자신의 이야기를 귀담아들어 주는 부모가 있다는 건 아이에게 큰 행복이다. 왜냐하면 경청은 아이의 자존감을 높여주기 때문이다. 자존감이 높은 아이는 무슨 일이든 주도적으로 참여한다. 경청을 잘하는 가정은 거실이나 식탁에 텔레비전 소리나 침묵이 아니라 '대화'가 넘친다. 신문 기사 중에 아이의 관심을 끌 만한 기사를 스크랩해서 돌려보는 것도 좋은 방법이지만 가장 중요한 것은 경청이다. 경청은 대화를 부르고 대화가 끊이지 않는 가정의 아이는 토론에도 자신감을 가질 수 있다. 토론이란 결국 형식을 가진 대화일 뿐이다. 토론 기술을 배우는 것은 차후의 문제다.

마지막으로 글쓰기 습관을 기르기 위해서 소개한 것이 '글기지개, 시암송, 칭찬과 격려'다. 글기지개는 우리 반 아이들이 매일 조금씩, 꾸준히 쓰는 글쓰기 공책을 가리킨다. 일종의 '하루 10분 글쓰기 운동'인 셈인데 하루도 거르지 않고 조금씩, 꾸준히 글 쓰는 습관을 들일 때 유용한 방법이다. 어쩌다 일기는 아이들에게 부담을 주는 글쓰기가 되어버렸다. 일기보다는 짧고 간편하면서 글과 그림, 낙서까지도 허용하기 때문에 글 쓰는 부담이 적다는 게 글기지개의 장점이다. 시 암송의 효과는 일일이 거론할 필요도 없겠다. 학급에서 실천해보니 아이들이 먼저 좋을 줄 안다. 어떤 글이든 칭찬과 격려로 다독이면 아이들은 자신감을 얻는다.

자녀의 행복을 진정으로 바란다면 독토글 습관을 유산으로 물려주길 바란다. 부모가 줄 수 있는 가장 위대한 유산이 아닐까 싶다.

앞선 출발, 신문 읽기의 힘

학교나 도서관에 학부모 대상 독서 강의를 종종 나간다. 강의를 나갈 때마다 빠뜨리지 않고 이런 질문을 한다. "신문 보시는 분?" 평균적으로 첫 질문에는 절반 이상이 손을 든다. "인터넷 포털에 나오는 기사 말고 종이 신문 받아 읽으시는 분?" 두 번째 질문에는 대부분이 손을 내린다. 남은 손은 대략 10% 내외다.

스마트폰으로 포털에 또는 SNS에서 실시간으로 노출되는 기사를 우리는 선택해서 읽는다고 생각한다. 오산이다. 선택이 아니다. 영화관에 가보면 금세 안다. 주요 시간대에 집중적으로 편성된 영화는 선택이 아니라 강요다. 포털에서도 우리가 주로 클릭하는 기사는 끔찍하거나 야하거나 이상한 것들뿐이다. 이를테면, 'OO, 점점 예뻐져!', '섹시한 공항패션의 완성' 같은 것들이다. 이런 기사들이 상위에 랭크되어 클릭을 강요하고 실시간 검색 순위를 오르내린다.

독서 강의 끝에 학부모들에게 신문 읽기의 중요성을 강조하며 종이 신문 받아 읽기를 넌지시 권한다. 꼼꼼하게 읽지 않아도 된다. 마음에 드는 기사가 있으면 스크랩해두었다가 식사시간에 대화 소재로 써먹으면 좋다. 자녀가 좋아할 만한 기사를 스크랩해두었다가 간식과 함께 꺼내면 금상첨화다. 가정에 대화를 없을 수 없다. 지금까지 만난 학부모들이 강의를 듣고 얼마나 신문을 구독하게 되었는지는 모른다. 분명한 것은 신문 읽기가 인생에 도움이 된다는 것이다.

한국직업능력개발원에서 11년간 '신문 독서 읽기와 학업 성취도 및 취업'을 조사했다. 2004년 당시 고등학교 3학년 학생(일반계 및 전문계) 4000명을 대상으로 벌인 결과다. 신문을 구독하는 가정의 고등학생이 구독하지 않은 가정의 학생들보다 수능에서 과목별로 6~8점이나 높았다. '300인 이상의 대기업과 공기업 · 외국계 기업의 정규직'의 취업률도 신문을 구독한 고등학생이 32.2%, 구독하지 않은 고등학생은 26.5%였다. 월평균 임금도 신문을 구독하는 고등학생이 10만 원 많았다. 보태어, 고전 · 문학과 같은 인문학 서적을 많이 읽은 고등학생의 수능 점수가 높았고, 독서량이 같을 때는 신문 구독 고등학생의 수능 점수가 더 높은 것으로 나왔다.

미네소타대 언론학과 댄 설리번 교수가 2002년 발표한 논문에 따르면, 신문 읽기를 가르치는 미국 중 · 고등학교는 그런 수업을 하지 않는 학교에 비해 학업 성취도가 10%나 더 높게 나왔다. 학업 성취도가 10%나 차이 난다는 것은 엄청난 결과다. 2015년 일본 문부과학성과 일본신문협회가 초 · 중학생을 대상으로 실시한 '전국 학력 · 학습 현황 조사'에서도 신문을 읽는 학생과 읽지 않는 학생의 성적 격차가 크게 벌어진 것으로 나타났다.

이처럼, 신문과 같은 활자 매체 구독이 학업 성취도와 취업 등 사회적 성취에 미치는 영향은 매우 크다. 오죽하면, 신문 읽기 능력을 영미권에서는 '앞선 출발(head start)'이라고 하겠는가. 투자 대비 수익률이 가장 높은 인생의 주식은 바로 '신문 구독'이다. 2만 원도 채 안 되는 돈으로 할 수 있는 가장 효율적인 세상 공부가 바로 '신문 읽기'이다.

금수저니 흙수저니 시끄럽고 살기 팍팍한 시절이다. 부모의 소득이 낮아도 신문을 구독하는 가정이, 부모의 소득이 높아도 신문을 구독하지 않는 가정보다 수능 점수가 높게 나타났다니 그나마 다행이다. 물론, 성적이 다가 아니다. 무엇보다도 우리 학생들이 신문 읽기를 통해서 자신의 삶과 세상을 바로 보고, 보다 나은 인생의 선택을 할 수 있기를 진심으로 바란다.

아! 경험

직장 선배가 한숨을 쉰다. 무슨 일이냐고 물었더니, 딸이 연기를 하겠다고 결심했단다. 대도시에 있는 연기학원에 딸을 데려갔다 데려와야 한단다. 듣고 보니 고생이 이만저만이 아니다.

"중학교 때 연극을 시작했는데 몇 번 무대에 서고, 크고 작은 상을 받더니, 결국 이렇게 됐다."

선배는 고생도 고생이지만 하나밖에 없는 딸이 험한 가시밭길을 가려고 하는 게 안타까운 모양이었다. 나는 언젠가 읽은 매슬로우의 '절정경험'이 떠올랐다.

"무대에서 절정경험을 했기 때문에 쉽게 포기안 할 겁니다. 원하는 대로 밀어주세요."

심리학자 아브라함 매슬로우는 절정경험을 "인간의 최상의 순간들, 삶에 있어서 가장 행복한 순간들, 황홀, 환희, 행복, 큰 기쁨 등의 경험들"이라고 말했다. 매슬로우는 이 짤막한 신비의 순간들을 자아실현의 경험으로 보았다. 왜냐하면, 그런 경험들은 삶을 가치 있게 만들고 사람들의 내적 분열, 사람 사이의 분열, 사람과 세계 간의 분열 등을 치유함으로써 삶을 정당화시키기 때문이다.

마르틴 루터는 하느님을 엄격한 존재로만 알았다. 성서를 다시 읽으면서 하느님은 '사랑'이라는 것을 깨닫고는 자기도 모르게 "아!"하는 탄식을 질렀다고 한다. 이것을 '아! 경험(aha experience)'이라고 하는데, 루터의 '아! 경험'은 매슬로우의 '절정경험'처럼 인생에서 가장 큰 기쁨을 경험하는 일이다.

나는 중학교 2학년 여름방학 때 골방에 앉아서 첫 소설을 썼다. 200자 원고지 70매쯤 되는 엉성한 단편소설이었다. 태어나서 처음 써 본 소설이었고, 끝까지 써 본 소설이었다. 한 달 동안 원고지 앞에 앉아 쓰고 지우고, 쓰고 지우고를 반복하며 알 수 없는 희열과 시간이 왜곡되는 경험을 했다. 여름방학이 끝날 무렵, 마지막 문장을 쓰고 소설에 마침표를 찍었을 때 느낀 기쁨과 성취감은 아직도 생생하다.

고등학교 때는 헤르만 헤세의 『데미안』과 이문열의 『사람의 아들』, 박일문의 『살아남은 자의 슬픔』, 박노해의 『노동의 새벽』 같은 책을 밤새워 읽다가 창으로 새벽이 밝아오는 것을 바라보며, 커다란 행복과 환희를 느끼곤 했다.

유시민의 『공감필법』이란 책에도 루터의 '아! 경험', 매슬로우의 '절정경험'과 상통하는 '결정적 순간!'이 나온다.

"여러분은 혹시 그런 경험이 있으신가요? 책 읽다 말고, 도저히 계속 읽을 수가 없어서, 읽던 책을 가슴에 댄 채 '아' 하고 한숨을 내쉬는 경험 말입니다. 여자분들이 보통 그렇게 하지요. 이런 순간을 자주 경험하셔야 합니다. 감정이 너무 강하게 일어나서, 그걸 가라앉히기 전까지는 텍스트를 더 읽어갈 수 없는 그런 순간을 누리자는 겁니다. 저는 이것이 공부와 독서의 '결정적 순간' 이라 믿습니다. 남자들은 조금 다르게 행동하더군요. 책을 가슴에 붙이는 게 아니라 읽던 페이지가 아래로 향하게 엎어둡니다. 위를 보면서 '후' 내쉰 다음, 창문을 열거나 마당엔 나가서 담배를 물어요. '끊어야 할 텐데…….' 이러면서요. 그렇게 감정을 추스르고서는, '대박이야' 이러면서 또 책을 봅니다. 바로 이거예요. '결정적 순간!' 이런 순간을 체험하지 못하는 인생은 불행한 겁니다."

긍정심리학의 대표적인 연구자인 칙센트미하이 교수는 우리의 행동과 감정을 조절할 수 있을 때, 우리는 우리 삶의 주인이 된 듯한 느낌을 경험할 수 있다고 했다. 칙센트미하이 교수는 그것을 '최적 경험' 이라고 했는데 '아! 경험', '절정경험', '결정적 순간' 과 같은 맥락이다.

'아! 경험' 을 해보지 못한 사람은 불행하다. 학교와 학원을 쳇바퀴처럼 돌고 도는 우리 아이들은 언제 '아! 경험' 을 해보나

다산(茶山)의 독서법

여름휴가 동안 정독(精讀)하고, 초서(抄書)한 책 목록은 다음과 같다. 염은열 교수의 『유배, 그 무섭고도 특별한 여행』, 정민 교수의 『한밤중에 잠이 깨어』, 김윤규 교수의 『다산, 장기 유배 문학 산책』, 이상준 향토사학자의 『영일 유배 문학 산책』, 김옥애 작가의 『봉놋방 손님의 선물』, 정찬주 작가의 『다산의 사랑』, 박석무 교수의 『다산 정약용, 유배지에서 만나다』, 이소정 작가의 『우리 조상의 유배 이야기』 등이다.

염은열 교수의 『유배, 그 무섭고도 특별한 여행』에 나오는 조선판 오렌지족, 대전별감 안도환의 유배 이야기가 흥미진진했다. 한양의 밤(?)을 주무르던 안도환이 조선의 3대 유배 섬 중 한 곳인 추자도로 유배되어 온갖 고초를 겪는 모습에 몇 번이나 웃음을 터뜨렸는지 모른다. 안도환이 지은 유배가사 「만언사」는 요즘으로 치면 베스트셀러였다. 안도환의 유배 이야기가 드라마나 영화로 만들어진다면 제법 인기가 있겠단 생각이 들었다. 김옥애 작가의 『봉놋방 손님의 선물』은 다산이 강진 주막 봉놋방에서 중국 주흥사가 지은 『천자문』 대신에 『아학편』이라는 교재를 손수 만들어 제자들을 가르친 이야기다.

책을 읽다가 모르는 것이 나오면 밑바닥까지 다 캐내는 독서법이 정독이라면, 필요한 것을 가려 뽑아 따로 정리하는 독서법을 초서라고 한다. 다산은, "책을 초록(抄錄: 글이나 문장 따위에서, 필요한 대목만을 가려 뽑아 적음. 또는 그 기록)해 적는 것은 한 모서리를 들어 세 귀퉁이를 뒤집는 방법"이라면서, 아들 학유에게, "기왕 닭을 기른다면 모름지기 백가(百家)의 책 속에서 닭에 관한 글들을 베껴 모아 차례를 매겨 『계경(鷄經)』을 만들어보는 것도 좋겠다."라고 당부했다.

여름휴가 동안 읽은 책들의 공통점은 '다산'과 '유배', '경상도 장기'였다. 다산이 경상도 장기에 220일 동안 유배되었다는 것을 아는 사람은 그리 많지 않다. 1801년 3월 9일, 다산은 경상도 장기에 도착한다. 장기에 머물던 220일 동안 다산은 130수의 시와 『이아술』, 『기해방례변』, 『촌병혹치』 등의 책을 남긴다. 특히, 인간 정약용의 면모를 엿볼 수 있는 130수의 시는 경상도 장기만의 소중한 자산이다.

다산이 아들 학유에게 시켰던 것처럼, '다산'과 '유배', '경상도 장기'라는 키워드를 중심으로 여러 책에서 필요한 문장과 구절, 낱말, 유배 정보 등을 『220일』이라는 공책을 만들어 따로 정리했다. 시간과 공간으로 목차를 만들어 일목요연하게 정리하고 보니 "한 모서리를 들어 세 귀퉁이를 뒤집는 방법."이라는 다산의 말이 무슨 뜻인지 알 것 같았다.

사람은 누구나 '첫-'을 잊지 못한다. 다산에게 경상도 장기는 첫 유배지였다. 요즘으로 치면 청와대 비서실에서 근무하다가 하루아침에 죄인이 되어 유배를 온 신세였다. 다산의 인간적인 모습을 경상도 장기에서 만날 수 있다. 그 옆에 한 소년이 있었을 것이다. 다산의 경상도 장기 유배 동화 『220일』은 다산의 독서법, 초서 덕분에 그 뼈대를 점차 잡아가고 있다.

도서관에서 읽은 책 중에 정민 교수의 『다산의 지식경영법』이 가장 볼 만 했다. 정민 교수는 다산을 조선 최고의 지식경영자라고 칭했다. 다산이 남긴 저서는 500여권에 이른다. 시시껄렁한 책이 아니다. 『목민심서』, 『경세유표』, 『흠흠신서』 등 후손에게 끊임없이 회자되는 명저들이다. 세계사를 뒤져봐도 다산보다 뛰어난 저술가는 찾기 쉽지 않다. 도대체 다산은 어떤 방법으로 그런 위대한 일을 해낸 것일까?

『다산의 지식경영법』에 따르면, 다산은 정독(精讀), 질서(疾書), 초서(抄書) 세 가지 독서법을 실천했다고 한다. 정독은 낱말과 문장, 전후 맥락을 아주 세세하게 뜻을 새겨가며 읽고, 모르는 것이 있으면 그 근본을 알 때까지 밝히는 것을 뜻한다. 다산은 아들 학유에게 그 방법을 편지로 전했다.

"예를 들어 『사기』의 「자객열전」을 읽는다고 치자. '조(祖)를 마치고 길에 올랐다' 라는 한 구절을 보고 "조가 뭡니까?"하고 물으면, 선생님은 "전별할 때 지내는 제사다"라고 하실 것이다. "하필 할아버지 조 자를 쓰는 것은 어째서인가요?"라고 물으면, 선생님은 "잘 모르겠다."고 하시겠지. 그런 뒤에 집에 돌아오거든 사전을 뽑아다가 조 자의 본래 의미를 살펴보아라. 자전에서 조(祖) 자를 찾아보면 뜻밖에 '길제사 지낼 조' 라는 뜻이 나온다.

풀이를 찾아보면 "고대에 먼 길을 떠날 때 행로신(行路神)에게 안녕을 비는 제사를 지내는 일"이라고 되어 있다. 그래도 할아버지 조 자를 쓰는 까닭에 대한 궁금증은 여전히 풀리지 않는다. 여기서 한 번 더 나가야 한다. 더 자세히 찾아보면, 먼 옛날 황제의 아들 누조(累祖)가 여행을 좋아하다가 길에서 죽었다는 기록과 만나게 된다. '조(祖)' 란 조상이 아니라 바로 누조의 귀신을 위로하기 위해 생긴 제사임을 그제야 알게 된다. 마음이 후련해진다.

또 『통전』이나 『통지』, 『통고』 등의 책에서 조제(祖祭) 지내는 예법을 찾아보고, 한데 모아 차례를 매겨 책을 만든다면 길이 남는 책이 될 것이다. 이렇게만 한다면 전에는 한 가지 사물도 모르던 네가 이날부터는 조제의 내력을 훤히 꿰는 사람이 될 것이다. 주자의 격물(格物)공부도 다만 이와 같았다. 오늘 한 가지 사물을 궁구하고, 내일 한 가지 사물을 캐는 것도 또한 이처럼 시작하는 것이다. '격(格)이란 밑바닥까지 다 캐낸다는 뜻이다. 밑바닥까지 다 캐지 않는다면 또한 유익되는 바가 없다."(학유에게 부침(寄遊兒) 9-40)

세세하게 뜻을 새겨가며 읽다가 모르는 것이 나오면 그 근본을 알기위해 밑바닥까지 다 캐내는 독서법이 바로 '정독, 깊이 읽기' 이다. 스마트폰의 영향으로 요즘은 남녀노소 할 것 없이 장문 읽기를 버거워한다. 단문과 축약, 이모티콘이 횡행하는 시대에 깊이 읽기는 울림이 크다. 학교나 도서관에서 다산의 깊이 읽기를 실천하는 방법은 '인문고전 낭독교실' 을 여는 것이다.

신토피칼 독서법

스마트폰 보급률은 가파른 상향곡선을 그리고 있는 데 반해 국민들의 독서율은 갈수록 곤두박질치고 있다. 청소년에서 성인으로 갈수록 독서율은 가히 걱정스러울 정도다. 국가 차원의 대대적인 독서운동이 절실한 이유가 여기에 있다. 그렇다고 단순히 책을 많이 읽히는 것에 그쳐서는 안 된다. 숫자와 통계를 선호하는 정부기관이 곧잘 범하는 실수 중에 한 가지가 그것이다. 행사의 양과 통계만으로 '독서의 해' 성공여부를 가늠해서는 안 된다. 지속가능한 독서운동만이 책 읽는 대한민국을 만들 수 있을 것이다.

독서와 관련한 명저 중에 모티머 J. 애들러의 『독서의 기술』(범우사, 2011)이란 책이 있다. '책을 어떻게 읽을 것인가?' 란 주제를 체험적 독서론이 아니라 과학적인 독서 기술로 풀어낸 보기 드문 책이다. '책을 읽는다' 는 것은 책과의 대화를 의미한다. 독서는 인내와 예절이 필요한 독자와 저자와의 상호작용이다. 그런 의미에서 책을 통해서 독자와 저자가 만나기 위해서는 대화의 규칙을 터득하고 저자에게 적극적으로 말을 걸어야만 한다.

애들러는 서문에서 이렇게 말한다. "『독서의 기술』은 읽을 가치가 있는 양서를 지적이고도 적극적으로 읽기 위한 규칙을 서술한 것입니다. 모든 책이 다 이 책에서 권장하는 바와 같은 독서법을 적용할 만한 가치가 있는 것은 아닙니다. 엄밀히 말씀드리면 이것은 명저라고 일컬어지는 책에만 알맞은 독서법입니다. 그러한 명저는 한 번뿐 아니라 두 번 혹은 그 이상 정독할 가치가 있는 것입니다." 하지만 양서나 명저를 위한 독서 기술을 익히기 전에 먼저 살펴야 하는 것은 독서 수준이다. 독서 기술을 높이려면 각자의 수준 차이를 알고 있는 것이 중요하기 때문이다.

독서에는 네 가지 수준이 있는데 독서의 제1수준은 '초급 독서' 이다. 초급 독서는 읽기 쓰기를 전혀 못하는 어린이가 초보의 읽기 쓰기 기술을 습득하기 위한 것이다. 제2수준은 '점검 독서' 이다. 점검 독서는 계통을 세워서 띄엄띄엄 골라 읽는 기술이다. 책의 표면을 점검하고, 그 한도에서 알 수 있는 모든 것을 배우는 일이다. 제1수준의 독서가 '이 문장은 무엇을 말하고 있는가?' 라는 물음에 대한 대답이라면, 제2수준의 독서는 '이 책은 무엇에 대하여 쓴 것인가?' . '어떤 부분으로 나뉠 수 있는가?' 하는 문제를 검토하는 독서이다.

제3수준은 '분석 독서' 이다. 분석 독서란 철저하게 읽는 것을 말한다. 점검 독서가 시간의 제약이 있는 경우의 가장 뛰어난 독서법이라면, 분석 독서는 시간의 제약이 없는 경우의 가장 뛰어난 완벽한 독서법이다. '책은 맛보아야 할 책과 삼켜야 할 책이 있다. 또 약간이긴 하지만 잘 씹어서 소화해야 할 책도 있다.' 라고 프란시스 베이컨도 말했지만 분석적으로 읽는다는 것은 책을 잘 씹어서 소화하는 것을 말한다. 마지막으로 가장 고도의 독서 수준은 '신토피칼 독서' 다. 저자는 신토피칼 독서를 비교 독서법이라고도 부른다. 신토피칼로 읽는다는 것은 한 권뿐만 아니라 하나의 주제에 대하여 몇 권의 책을 서로 관련지어서 읽는 것을 말한다. 가장 적극적인 독서법이면서 가장 많은 보답을 받을 수 있는 독서 활동으로, 애써서 배울 만한 가치가 있는 지극히 유익한 독서 기술라고 강조하고 있다.

신토피칼(Syntopical. syn-:함께, 동시에, 비슷한 등의 뜻을 나타내는 접두사. topical: 화제의, 문제가 되어 있는 제목에 관한.)독서에는 5단계가 있다. 제 1단계는 주제에 관련이 있는 작품을 모두 재점검하여 독자 자신의 요구에 가장 밀접한 관례를 가진 곳을 발견하는 것이다. 제 2단계는 저자의 키워드를 찾아내어 그 사용 방식을 파악하는 것이다. 제 3단계와 제 4단계는 질문을 명확히 하고, 논점을 정하는 것이다. 다시 말해서 '그것은 무엇을 말하고 있는가?' , '어떻게 말하고 있는가?' 에 대해 답을 한 후 제 5단계에서 '그것은 진실인가?' , '그것에는 어떤 의의가 있는가?' 를 묻는 것이다.

인생에서 독서의 가치는 헤아릴 수가 없다. 애들러의 『독서의 기술』을 통해 보다 풍요롭고 지혜로운 독서의 장을 펼쳐가길 바란다.

독서, 아이들의 삶과 연결하기

방학 중에 동료 선생님들을 만나 '한 학기 한 권 읽기'에 대해 깊은 이야기를 나눴다. 동료 선생님들은 학창 시절에 책 읽어주는 선생님을 만난 적이 없었다. 1990년대의 학교 도서실은 열악했고, 형식적인 독서교육을 받았다. 학창시절에 만난 선생님들은 책 이야기는 별로 하지 않았다. 오로지 성적과 입시, 대학 이야기가 전부였다. 그런 시절을 거쳐 교사가 된 우리는 지금, 여기에 있는 아이들과 '한 학기 한 권 읽기'를 한다.

독서 강연을 갔다가 만난 어떤 젊은 교사는, "독서 교육 꼭 해야 하나요? 아이들이 스스로 읽게 놔두면 안 되나요?"라고 항변했다. 틀린 말도 아니다. 문제는 그렇게 말한 담임 선생님과 1년 동안 함께 지낸 아이들이 스스로 책을 찾아 읽을 가능성은 매우 낮아 보인다. 돌이켜보면, 우리는 학창 시절에 만난 선생님에게서 무얼 배웠느냐를 기억하지는 못한다. 남는 것은 그때 그 선생님들의 태도다. 나를 어떻게 대했던가. 우리에게 어떻게 대했던

가. 그 선생님은 무엇을 소중히 여겼던가.

2학기에 한 학기 한 권 읽기를 어떻게 꾸려나갈 것인가에 관한 얘기를 나누다가 한 선생님이 말했다. "2학기에는 아이들과 동시집을 같이 읽으려고 해요. 요즘 아이들은 시를 잘 안 읽어요. 저도 사실 시는 별로 좋아하지 않았어요. 방학 때 동시집을 읽다 보니 그동안 내가 알던 시와 다르더라고요. 아이들의 삶이 잘 드러나서 아이들도 좋아할 거 같아요."

정치든 예술이든 삶과 동떨어진 것은 사상누각(砂上樓閣)일 뿐이다. 교육도 마찬가지다. 학교에서 배우는 것과 아이들의 삶이 분리된 지는 오래다. 시험이 끝나면 쓰레기장에 교과서와 문제집이 수북하게 쌓인다. 학기별로 학년별로 필요 없는 것들, 수명을 다한 것들이다. 거기다 4차 산업혁명 운운하며 뭔가를 새로 배우지 않으면 큰일 날 것처럼 호들갑을 떤다. 시험만 치면 필요 없는 것들을 배우느라 인생의 가장 빛나는 시절을 낭비한다.

진정한 배움은 자신의 삶과 연결될 때 가치가 있다. 학창 시절에 행복한 독서 경험은 아이들의 삶에 큰 흔적을 남긴다. 첫 키스 같은 책 한 권은 평생을 간다. 한 학기 한 권 읽기에서 가장 중요한 것은 아이들의 삶과 연결하는 것이다. 누구나 그렇지만 삶의 대부분은 평범하고 사소한 일들을 바탕으로 흘러간다. 대통령이라고 아이돌이라고 크게 다르지 않다. 먹고 자고 일하는(배우는) 게 전부다. 특별할 것 없는 자신의 일상 속에 우주의 영원한 진리가 있다. 우리가 애타게 찾아 헤매는 행복이 있다.

세발자전거에서 두 발 자전거로 옮겨가기 위해 매주 고군분투하는 딸과 자전거 관련 그림책을 읽으며 삶과 배움이 다르지 않음을 깨닫는다. 그림책 『나는 기다립니다』(문학동네, 2007) 를 함께 읽으며 자신이 진정 바라는 것이 무엇인지 성찰해보는 게 배움이다. 삶이 배움이고 배움이 삶이어야 한다. 그날 우리가 모여서 나눴던 고민의 대부분은 아이들의 삶과 배움을 어떻게 연결할 것인가였다.

4장 글기지개의 기적

글기지개 읽는 즐거움 1

글기지개 읽는 즐거움 2

초등 글쓰기 왜 중요할까?

우리 아이 첫 그림 일기

일기, 이렇게 써봐요

날조꾸 쓸럽

글기지개의 기적

세상에서 가장 힘센 말, 꾸준히!

04 글기지개의 기적

아이들의 글기지개를 읽으면 행복하다.
두 달, 세 달, 일 년……
꾸준히 글기지개를 써나갈 것이다.

모든 기적은 '꾸준히'에 있다고 나는 믿는다.

글기지개로 열어가는 교실

티타임 시간에 동료 선생님들이 언성을 높였다. 국가인권위원회에서 '일기장 검사는 학생의 인권을 침해한다'는 견해를 밝혔기 때문이다. 선생님들은 국가인권위원회가 교육 현실을 몰라도 너무 모른다고 성토했다. 한동안 '일기장 검사'는 학생 인권 침해냐, 글쓰기 지도냐를 놓고 의견이 분분했지만, 이듬해 새 학기가 시작되면서 별 반성이나 대안 없이 흐지부지되었다. 일기 쓰기에 대해 학생은 학생의 입장에서, 교사는 교사의 입장에서 한 번쯤 의문을 가져볼 좋은 기회였지만 아쉽게도 흐지부지된 것이다.

지금이라도 우리는 '일기'에 대해 질문을 던져봐야 한다. 이를테면, 일기는 왜 써야 하는 걸까? 우리는 언제부터 일기를 써왔을까? 일기는 어떻게 쓰면 좋을까? 일기를 쓰면 뭐가 좋을까? 일기 쓰기 지도는 어떻게 하면 좋을까? 이처럼 각자의 입장에서 의문을 품고 질문을 던질 때 그동안 관행처럼 해왔던 일기 쓰기와 일기장 검사에 대한 새로운 대안이나 방법을 찾을 수 있다.

나 또한 초임 발령을 받고 별 문제의식 없이 일기 쓰기 지도를 해왔다. 그러다 모두가 부담스러워하는 일기 쓰기 지도에 대한 반성과 성찰의 시간을 가졌다. 그 대안으로 '아침 10분 글기지개 쓰기'를 아이들과 꾸준히 해왔다. '일기'라는 말이 가진 '숙제' 이미지를 벗어나, 뭔가 재미있는 것을 한다는 의미 부여와 일기를 아침에 쓴다는 발상의 전환이 바로 '아침 10분 글기지개 쓰기'였다. 1년 동안 하루도 빠짐없이 글기지개 쓰기를 지도한 결과, 여학생들은 평균 10권, 남학생은 평균 7권 정도의 글기지개(일기장)를 종업식 날 가져갔다. 그동안 일기장 한 권도 제대로 쓰기 어려웠던 학생들은 두 권, 세 권, 글기지개를 끝낼 때마다 굉장한 보람과 성취감을 느끼는 눈치였다.

일기 쓰기를 통해 따뜻한 인성 함양과 글쓰기 능력이 부쩍 자라난 제자들을 보는 뿌듯함은 이루 말할 수가 없다. 일기 쓰기의 힘을 몸소 확인한 것이다. 일기 쓰기는 무엇보다도 자신을 돌아볼 수 있는 힘, 자신의 생각과 느낌을 조리 있게 표현하는 힘, 사물과 사건을 관찰하는 힘, 그리고 문장력까지 학생들에게 선사해준다. 또, 일기 쓰기는 치유 기능이 있다. 일기장에 속마음을 써 내려가는 과정 자체가 훌륭한 치유라고 심리학자들은 말했다.

19세기 러시아 문학을 대표하는 작가 톨스토이는 열아홉 살 때부터 죽을 때까지 일기를 썼다. 김안제 건국대학교 석좌교수는 초등학교 4학년 때부터 70살까지 일기를 썼다. 그 분량만 200자

원고지로 1만 9천800장에 달해 한국 기네스북에 등재되었다. 세계시민학교 교장 한비야는 고등학교 2학년 때부터 지금까지 쓴 100권이 넘는 일기장을 모두 가지고 있다. 갖가지 모양과 크기의 일기장들이 그녀의 보물 1호이자 경험과 생각과 결심의 기록이라고 자랑한다. 지금까지 쓴 9권의 책도 모두 일기장을 바탕으로 썼다며, 일기장이 아니라면 자신은 단 한 권의 책도 쓸 수 없었을 거라고 고백했다.

이처럼 오랫동안 일기를 써온 사람들은 한결같이 일기의 힘은 대단하다고 입을 모은다. 매년 3월 2일이 되면 똘똘한 아이들을 만난다. 그때마다 이렇게 말한다. "얘들아, 우리 반은 일기 안 쓴다." 아이들은 환호성을 지른다. 기다렸다는 듯이 이렇게 덧붙인다. "우리 반은 일기 안 쓰고 글기지개 쓴다." 아이들이 눈을 동그랗게 홉뜨고 묻는다. "그게 뭐예요?" 아이들의 호기심으로 글기지개는 순풍에 돛단 듯 시작된다.

일기 쓰기를 지도할 때 아이들이 일기에 대해 가진 오해를 풀어주는 것부터 선행되어야 한다. 일기는 온종일 있었던 일을 모두 쓰는 게 아니다. 기억에 남는 어느 때, 어떤 순간을 쓰는 게 좋다. 겪은 일뿐만 아니라 읽은 책이나 미디어를 통해 알게 된 사실도 쓸 수 있다. 글뿐만 아니라 시, 그림, 만화, 사진, 스티커 등 다양한 방법으로 자유롭게 표현하는 것을 권장해야 한다. 무엇보다 중요한 것은 일기장에 의미를 부여하는 것이다. 교사나 부모가 아이의 일기에 댓글을 달아주고 관심을 보이면 아이의 일기는 조금씩 달라진다. '참 잘했어요!' 도장만 쾅쾅 찍는 영혼 없는 검사는 차라리 안 하는 게 낫다.

언제부턴가 교실에서 일기 쓰기 지도가 사라졌다. 일주일에 몇 번과 같은 형식만 남았다. 무엇보다 '일기 쓰기' 지도에 대한 교사의 성찰과 대안이 필요하다. 날마다, 조금씩, 꾸준히 글을 쓰는 습관을 아이들에게 잡아주어야 한다. "나는 글쓰기 교육보다 더 좋은 인간 교육이 있는지 모른다."라고 했던 고 이오덕 선생의 말처럼 글쓰기는 인간만이 할 수 있는 가장 감성적이고 이성적인 행동이다. 전국 방방곡곡의 교실에서 저마다의 '일기'를 살려야 한다.

'글기지개'란 '아침 10분 글쓰기 활동'을 가리킨다. 매일 아침 학교에 와서 어제부터 오늘 아침까지의 겪은 일이나 감정을 공책에 서너 줄 짧게 쓰는 것이다. '아침에 쓰는 일기'라고 할 수 있다. 그걸 뭐라고 부를까 궁리하다가 '글+기지개'를 떠올렸다. 매일 아침 '글로 기지개를 켠다.'라는 의미다. 날마다, 조금씩, 꾸준히 쓰는 글기지개는 여러 가지 면에서 효과가 크다. 무엇보다 자신도 모르게 글 쓰는 습관이 잡힌다. 글기지개를 안 쓰면 뭔가 찜찜할 정도라고 한다. 무엇보다 글 쓰는 게 별로 두렵지 않게 된다. 어느 순간, 글쓰기를 겁내지 않는다는 건 참말로 대단한 일이다.

코로나19로 가장 안타까웠던 건 우리 반 아이들과 글기지개를 시작할 수 없다는 점이었다. 3월 2일에 시작해 이듬해 종업식까지 하루도 빠짐없이 글기지개를 써야 하는데, 코로나19로 문을 닫으니 그저 기다리는 수밖에 없었다. 누군가 온라인이나 유선으로 시작해보면 어떠냐고 했지만, 글기지개의 핵심은 대면(눈맞춤)이고 댓글(관심)이다. 대면(눈맞춤)과 댓글(관심) 없이는 1년 동안 꾸준히 쓰기 어렵다. 다행히 6월 8일부터 반 아이들이 격일제로 등교하기 시작했고 현재는 매일 등교를 하고 있다. 아침에 등교하면 글기지개 쓰는 것으로 아이들은 하루를 시작한다. 이름이 달라지면 태도가 달라진다. 일기에서 글기지개로 이름만 바꿨을 뿐인데, 매일 댓글을 달아주고 관심을 보여주었을 뿐인데, 글기지개는 어느새 우리 아이들 삶의 중요한 일부분이 되었다. 그동안 꾸준히 글기지개를 써온 우리 아이들의 소감을 몇 편을 소개한다.

"글기지개를 쓰니깐 내 마음을 잘 살펴볼 수 있게 되었다. 좋은 일이든 나쁜 일이든 글로 쓰면 마음이 차분해지는 느낌이다. 어제 OO이랑 다퉜는데 그 상황을 글로 써보니 OO이의 마음이 이해가 되었다. 나는 쪽지로 사과를 했다. 답장이 왔는데 OO이도 미안하다고 했다. 글기지개 덕분이다."

"학교에 등교해서 글기지개를 썼는데 벌써 11월이 되었다. 솔직히 벌써 11월이 되었다는 게 실감이 나지 않는다. 내가 글을 잘 쓰게 된 것도, 우리가 글을 잘 쓰게 된 것도 다 글기지개 덕분이라고 생각한다. 원래 글을 잘 쓰는 친구들은 더더욱 잘 써질 것 같다. 글을 쓰는 게 귀찮기만 했지만 이젠 매일매일 글기지개를 쓰니깐 익숙해져서 귀찮지 않은 것 같다. 우리 담임 샘을 안 만났다면 글을 이렇게 쓰진 못할 것 같다."

"글기지개를 써보니 스트레스 푸는 거에 도움이 된다. 나도 저번에 동생, '그놈의 동생' 이야기를 글기지개에 적었는데 진짜, 스트레스가 잘 풀린다."

"오늘도 아침부터 글기지개를 쓴다. 글기지개의 좋은 점은 뭔가 특이하고 재미있다는 것이다. 그런데, 딱 하나 아쉬운 점이 있다. 학교 가는 날에는 아침에 글기지개를 쓴다. 그런데 꼭 학교 끝나고 재미있는 일이 생긴다. 그걸 기억하려고 애쓰지만, 다음날 까먹고 딴 얘기를 쓴다. 매일 학교 올 때 오늘은 글기지개에 뭘 쓰지? 생각하며 온다."

매일매일 26명의 글기지개를 꼼꼼히 읽고 댓글을 달아주는 건 쉬운 일이 아니다. 시간과 에너지가 많이 소모된다. 하지만 아이들의 글기지개를 읽으면 행복하다. 고역을 감수할 만큼 소소한 재미와 감동이 우리 아이들 글기지개에 숨어 있다. 매일 아침, 우리 반 아이들의 글기지개를 읽으면 아이들의 마음 상태가 한눈에 들어온다. 학교폭력의 징후조차도 글기지개로 단번에 파악한다. 누가 뭐래도 나는 아이들과 글기지개를 꾸준히 써나갈 것이다. 글기지개는 힘이 정말 세다. 모든 기적은 '꾸준히'에 있다고 나는 믿는다.

글기지개 쓰기 지도에서 가장 중요한 것은 아이들 스스로 글을 쓸 수 있는 장을 마련해 주어 일상생활 속에서 '아, 무언가를 쓰고 싶다'라는 생각을 할 수 있도록 유도하는 것이다. 밥 먹고 똥 누고 숨 쉬고 잠을 자듯이 생활 속에서 글쓰기도 자연스러운 한 부분이 되어야 한다.
쓰고 싶은 마음을 북돋우는 것, 글기지개는 여기서부터 시작해야 한다. 세상의 모든 선생님은 아이의 마음에 쓰고 싶다는 생각이 일도록 도운 후 손을 떼면 가장 좋다. 어쩌면 그것으로 글쓰기가 즐겁고 신나고 속 시원한 일이라는 것을 체득케 만드는 것으로 우리의 역할은 끝난 건지 모른다.
그렇다면 쓰고 싶은 마음을 어떻게 하면 북돋울 수 있을까?
첫째, 아이가 좋아하는 것으로 시작해야 한다. 공부와 연관되어 있지 않더라도 아이가 좋아하고 빠져있는 대상이나 사물이 뭔지 잘 알아야 한다. 그것을 응원하고 인정해주면 좋다. 공부는 뒷전이고 축구에 빠진 아이에게, "엄마한테 축구 이야기 좀 들려줄래?"라고 물으면 기꺼이 메모지를 꺼내 와 설명해 줄지도 모른다.

둘째, 아이가 공감할 만한 자료(텍스트, 이미지, 동영상 등등)를 잘 활용해야 한다. 제사 지낼 때 엎드렸다 얼마나 있다 일어나야 하는지 몰라 아버지 눈치를 보았다는 어느 아이의 글을 읽고, "아, 나도 그랬어요."라고 맞장구를 친다면 쓰고 싶은 마음은 이미 조성된 것이다.

셋째, 노작과 체험활동을 통해 직접 겪고 체험케 해야 한다. 아이의 몸은 커다란 연필과 같다. 그러한 경험들은 자신이 직접 보고 듣고 확인한 것들을 기록하고 싶게 만든다.

넷째, 꼭 '글쓰기'가 아니라 다양한 방법의 '표현'을 허용해야 한다. 말로, 노래로, 춤으로, 그림으로, 악기로, 혹은 무표정과 침묵으로 그때그때의 느낌과 기분을 표현하고 드러낼 수 있도록 존중해야 한다. 꼭 연필을 들고 공책에 뭘 써야만 글쓰기가 아니라는 것을 부모와 교사는 알아야 한다.

다섯째, 글쓰기를 통해서 자신이 부모님과 선생님과 소통하고 있구나, 라는 믿음을 심어주어야 한다. 숙제와 검사를 위한 일기는 아이나 교사 모두에게 고역이다. 하지만, 일기장이 교사와 학생의 아름다운 소통의 장이 되는 경우는 다르다. 그 일기장을 서로 기다리는 정도라면, 그 교실은, 이미 소통과 공동체의 아름다운 글쓰기를 시작하고 있는 것이다. 글쓰기는 자신과의 만남이면서 동시에 세상과의 만남이다.

글쓰기를 통해 진정한 자아를 만나고 더불어 함께 살아가는 방법을 깨닫게 하는 것, 그것이야말로 가장 훌륭한 인성교육이 아닐까?

글기지개 읽는 즐거움 1

하루 10분, 글 쓰는 시간을 꾸준히 가져보자는 의미에서 시작한 게 '아침 10분 글쓰기' 다. 매일 아침 교실에 앉아 어제 있었던 일 중에 보았던 것, 들었던 것, 의문을 품었거나 억울했던 것, 기분이 좋거나 나빴던 것 중 한 가지를 손바닥만 한 수첩에 쓰게 했다. 그걸 뭐라고 칭할까 궁리하다가 '글+기지개' 를 떠올렸다. 매일 아침 글로 기지개를 켠다, 라는 의미를 담고 싶었다. 아무튼 달전초등학교 6학년 3반 학생들과 그렇게 시작한 글기지개가 드디어 1년을 맞았다. 지난 1년 동안 학생들이 하루도 빼놓지 않고 쓴 글기지개 중 몇 편을 독자에게 소개할까 한다.

「내가 엄마한테 "Mother, I want a water, please."라고 했다. 엄마는 "뭐라카노?"라고 했다. 내가 다시 "엄마, 물을 따르다가 영어로 뭐야?"라고 물으니까, 엄마가 하는 말. "음… 좌알좌알좌알!" 우리 가족은 웃었다.」

'물' 이라는 글기지개다. 엄마와 나누었던 말을 잘 붙잡아서 썼는데 읽는 이에게 웃음을 준다. 엄마의 재치 있는 대답을 잘 기억했다가 썼기 때문이다.

「오늘 신체검사라는 걸 한다고 했다. 나는 살을 빼기는커녕 더 찌고 싶다. 성환이처럼 찌고 싶다. 하지만 성환이는 빼고 싶어 하는 것 같다. 성환이 몸무게가 한 60kg 정도 나가는 것 같다. 나도 찌고 싶다. 성환이가 부럽다. 그리고 좋겠다.」

'신체검사' 라는 글기지개다. 기훈이는 우리 반에서 몸집이 왜소하고 마른 편이다. 반면에 성환이는 키도 크고 몸집도 제일 크다. 아마도 기훈이는 그런 성환이가 부러웠나 보다. 무언가 부럽고 아쉬운 것, 자신의 콤플렉스는 글쓰기를 통해 풀어내면 참 좋은 글감이다. 하지만 그것을 솔직하게 드러내려면 누구나 용기와 자신감이 필요하다. 기훈이의 솔직한 고백이 읽는 이의 입가에 미소를 띠게 한다.

「오늘 화장실에서 이상한 일이 벌어졌다. 먼저 아빠 칫솔이 바닥에 떨어졌다. 그리고 내가 그걸 주웠는데 엄마 칫솔이 떨어졌다. 그리고 내가 내 칫솔 씻어 넣고, 엄마 칫솔 주우니까 내 칫솔이 떨어졌다. 불길한 징조다.」

'칫솔' 이라는 글기지개다. 읽고 나면 정말 불길하다. 승호는 장래희망이 심리학자다. 성격이 예리하고 날카롭다. 아침에 일어난 이런 일이 예민한 승호에게는 예사롭지 않았을 것이다. 무심한 아이들은 그냥 넘기는 일을 승호는 참 잘 붙잡아 썼다.

「새벽 기도를 갈려고 차를 타니깐 앞이 안 보였다. 안개 때문이었다. 뿌연 게 도로를 삼킨 거 같았다. 꼭 무대 위의 드라이아이스 같았다. 교회에 가는 데 고생했다.」

'안개' 라는 글기지개다. 지량이는 교회에 열심히 다니는 학생이다. 많은 학생이 아침에 이불을 둘둘 말고 게으름을 피우는 것에 비하면 지량이는 참 부지런한 학생이다. 새벽기도까지 다닌다니 더욱 그렇다. 그런데 그날 새벽에 안개가 짙었던 모양이다. 지량이가 보기에 안개가 도로를 삼킨 것처럼 보였으리라. 무대 위의 드라이아이스처럼 말이다. 안개가 자욱하게 낀 새벽 어스름의 도로 풍경이 눈에 그려지는 듯하다.

「"엄마, 우리 크리스마스 때 장사하나?" "어, 해야지." 이 말을 듣자 나는 눈물이 핑 돌았다. 크리스마스라도 우리 가게는 쉬지 않고 간판에 불을 켠다. 크리스마스 때만은 우리 가게도 쉬었으면 좋겠다.」

'눈물이 핑 돌았다' 라는 글기지개다. 민희네는 치킨집을 한다. 그런데 크리스마스에도 가게 문을 연다는 엄마의 말에 민희는 눈물이 돌았던 모양이다. 그동안 크리스마스 때마다 속상하고 외로웠을 민희가 떠오른다. 마음 한쪽이 찌릿하다.

글기지개 읽는 즐거움 2

시절이 하 수상하긴 수상한 모양이다. 아이들 글기지개 몇 편을 이곳에 소개하고 나서 여기저기서 전화를 받았다. 그중엔 무슨 출판사라는 곳도 있었는데 요즘 초등학교 고학년 학생들의 생각과 고민을 책으로 엮어보지 않겠느냐는 것이다. 때가 때인만큼 정체불명의 '초딩'과 소통의 계기가 되지 않을까 하는 생각이 들었다.

사실 중, 고등학생에 비해 초등학생은 어른의 막연한 환상, 이를테면, 아무 근심 걱정 없이 잘 웃고 잘 놀고 잘 지내고 있을 거라는 오해와 확신의 울타리에 오랫동안 갇혀 있었다. 하지만 속내를 들여다보면 매우 놀랄 것이다. 특히, 우리는 열세 살이라는 나이에 주목할 필요가 있다.

예전에 중, 고등학생이 겪던 질풍노도의 시기를 오늘날에는 열세 살을 전후를 맞고 있다. 급격한 심리적 육체적 변화의 시기에 올바른 가치관을 심어줄 무언가가 필요하지만 안타깝게도 오늘날의 학생들에게는 대중매체와 전자기기(스마트폰, 컴퓨터)가 그 노릇을 한다. 보고 듣고 겪는 모든 것들이 자극적이고 폭력적이어서 짐짓 한탄스러울 따름이다.

머리 아픈 얘기는 각설하고, 지난번에 이어 두 번째로 학생들의 글지기개 몇 편을 소개할까 한다.

「어제 수학 학원에서 공부를 하고 있었는데 내가 모르는 문제가 있어서 선생님께 물으러 가니깐 선생님이 "왜 이런 문제를 못 푸냐!"고 나한테 소리를 질렀다. 공식 하나만 잘 쓰면 이런 문제는 다 풀 수 있다고 하셨다. 나도 이렇게 크게 혼난 적은 없었는데 왠지 눈물이 나올 것 같았다. '모르는 게 있어서 물으러 왔는데 혼만 나고.' 내가 혼나는 순간 학원 안에 있던 모든 사람들이 날 쳐다봤다. 선생님이 너무했다. 그리고 숙제로 틀린 거랑 다 고쳐오라고 했다. 하나도 빠짐없이. 정말 슬프다.」

'수학학원' 이라는 글기지개다. 모르는 게 있어서 물으러 갔는데 뜻밖에 야단을 들은 모양이다. 이 글을 읽고 만감이 교차했다. 심지어 학교 퇴근하고 교사들이 학원으로 출근하면 어떨까, 라는 생각까지 들었다. 잠시 얘기를 나눠보니 학원에서는 체벌도 심심치 않게 하는 모양이었다. 숙제는 말할 것도 없었다. 그렇게 해주어야 부모가 좋아하고 입소문이 퍼진다는 말에 더는 할 말이 없었다.

「어제 도서관을 나서는 길에 4-1반 선생님이 내 시를 칭찬하셨다. 쑥스러웠다. 집에 와서 내가 쓴 시를 낭독하니 어머니와 동생이 웃는다. 그런데 선생님이 아버지 드리라고 한 봉투엔 예쁘게 꾸며진 내 시가 들어 있었다. 아버지가 보셨는지 모르겠다. 기뻐하시면 좋겠다. 오늘 정봉학 선생님이 "균영아, 니 시 좋다." 라고 하셨다. 도대체 몇 분이 읽어 보신 건지. 난 그냥 진심을 담아 썼는데 어쩌다 잘 써진 것 같다. 앞으로도 멋진 시를 쓸 수 있으면 좋겠다.」

'내가 쓴 시' 라는 글기지개다. 필자는 글기지개(아침 10분 글쓰기)를 비롯해 시 암송과 시 쓰기를 학급 특색으로 운영해오고 있는데 그때는 '아버지' 를 주제로 함께 시를 썼었다. 주제와 어울리는 맛보기 시 몇 편과 e-지식채널 동영상을 감상한 후 시를 썼는데 균영이가 쓴 시가 그중에 눈에 확 띄었다. 별생각 없이 읽었는데 나도 모르게 탄성이 나왔다. 혼자 보기 아까워 오후에 쪽지창으로 동료 선생님께 균영이가 쓴 시를 보냈더니 답장이 빗발쳤다.

가장 기억에 남는 것은 "이런 아들을 둔 아버지, 누군지 모르겠지만 참 부럽다."였다. 균영이가 쓴 시가 궁금하면 네이버 카페 '시와 노는 교실' 을 찾으면 된다. 늘 느끼는 바지만 문학의 힘은 진심에 있다는 것을 제자를 통해 또 한 번 확인했다. 어느 아파트 광고 문구처럼 진심은 반드시 통하기 마련이다.

초등 글쓰기 왜 중요할까?

읽기 능력을 기르는 것도 중요하지만 그보다 더 중요한 것은 '쓰기 능력'이다. 제힘으로 글을 써 보아야만 책이나 교과서 내용을 잘 이해할 수 있다. 글을 쓴 사람의 기분이나 심정을 상상한다거나 글 속에 숨어있는 의미를 추측하는 것도 직접 글을 써본 아이들만이 할 수 있는 일이다. 글을 써보지 않으면 글을 읽을 수도 없다. 독해 능력을 키우지 않으면 지식을 얻지 못할 뿐만 아니라 논리적인 사고도 불가능하다. 단순히 과목으로서의 국어 실력이 아니라 모국어를 자유자재로 구사할 수 있는 능력이 떨어지는 것이다. 수학도 사회도 물리도 그리고 수업시간에 발표하는 능력이나 다른 사람의 의견을 이해하는 힘도 모두 모국어 능력과 연관되어 있다.

그러므로 아이들이 글 쓰는 습관을 익히고 그 시간을 좋아하게 되면 학업에 필요한 다른 능력을 자연스럽게 갖추어진다. 얼핏 보면 너무 멀리 돌아가는 것 같지만 사실은 그것이 바로 아이들의 실력을 높이는 지름길이다. 쓰기 능력은 학창시절뿐 아니라 대학시험을 치르고 취직을 하여 사회생활을 해나가는 데도 크나큰 도움이 된다. 이런저런 상황에서 글을 써야 할 일이 생길뿐더러 글을 통해 그 사람의 실력과 인간성을 평가하기 때문이다. 즉 쓰기 능력을 기른다는 것은 스스로 살아가는 힘을 키우는 일이기도 하다.

초등 글쓰기 어디서부터 시작해야 할까? 『초등 글쓰기가 아이의 10년 후를 결정한다』(팜파스, 2007) 저자 히구치 유이치에 따르면 "글쓰기는 너무 즐거워!"라는 것을 경험케 하는 일이 가장 중요하다. 아이 스스로 글을 쓸 수 있는 장을 마련해 주어 일상생활 속에서 '아, 무언가를 쓰고 싶다'라는 생각을 할 수 있도록 유도하는 것이다. 밥 먹고 똥 누고 숨 쉬고 잠을 자듯이 생활 속에서 글쓰기도 자연스러운 한 부분이 되어야 한다. 쓰고 싶은 마음을 북돋우는 것, 초등 글쓰기는 여기서부터 시작해야 한다. 세상의 모든 글쓰기 지도 교사는 아이의 마음에 쓰고 싶다는 생각이 일도록 도운 후 손을 떼면 가장 좋다. 어쩌면 그것으로 그리하여 글쓰기가 즐겁고 신나고 속 시원한 일이라는 것을 체득케 만드는 것으로 우리의 역할은 끝난 건지 모른다.

그렇다면 쓰고 싶은 마음을 어떻게 하면 북돋울 수 있을까? 첫째, 아이가 좋아하는 것으로 시작해야한다. 공부와 연관되어 있지 않더라도 아이가 좋아하고 빠져있는 대상이나 사물이 뭔지 잘 알아야 한다. 그것을 응원하고 인정해주어야 한다. 공부는 뒷전이고 축구에 빠져있는 아이에게, "엄마한테 축구 이야기 좀 들려줄래?" 라고 물으면 기꺼이 메모지를 꺼내 와 설명해 줄지도 모른다. 둘째, 아이가 공감할 만한 자료(텍스트, 이미지, 동영상 등등)를 잘 활용해야 한다. 제사지낼 때 엎드렸다 얼마나 있다 일어나야 하는지 몰라 아버지 눈치를 보았다는 어느 아이의 글을 읽고, "아, 나도 그랬어요."라고 맞장구를 친다면 쓰고 싶은 마음은 이미 조성된 것이다. 셋째, 노작과 체험활동을 통해 직접 겪고 체험케 해야 한다. 아이의 몸은 커다란 연필과 같다. 그러한 경험들은 자신이 직접 보고 듣고 확인한 것들을 기록하고 싶게 만든다. 넷째, 꼭 '글쓰기'가 아니라 다양한 방법의 '표현'을 허용해야 한다. 말로, 노래로, 춤으로, 그림으로, 악기로, 혹은 무표정과 침묵으로 그때그때의 느낌과 기분을 표현하고 드러낼 수 있도록 존중해야 한다. 꼭 연필을 들고 공책에 뭘 써야만 글쓰기가 아니라는 것을 부모와 교사는 알아야 한다. 다섯째, 글쓰기를 통해서 자신이 부모님과 선생님과 소통하고 있구나, 라는 믿음을 심어주어야 한다. 대한민국에서 일기 쓰는 사람은, 일기 검사하는 담탱이를 만난 초등학생 밖에 없다는 우스개 소리가 있다. 숙제와 검사를 위한 일기는 아이나 교사 모두에게 고역이다. 하지만, 일기장이 교사와 학생의 아름다운 소통의 장이 되는 경우는 다르다. 그 일기장을 서로 기다리는 정도라면, 그 교실은, 이미 소통과 공동체의 아름다운 글쓰기를 시작하고 있는 것이다.

글쓰기는 자신과의 만남이면서 동시에 세상과의 만남이다. 글쓰기를 통해 진정한 자아를 만나고 참세상을 보게 하는 것, 그것이 야말로 궁극적인 목적이 아닐까?

우리 아이 첫 그림 일기

1학년이 된 아이들은 여름방학을 앞둔 7월 초순부터 그림일기 쓰는 법을 배우게 된다. 2015 개정 교육과정 기준으로 1학년 1학기 국어 나 교과서 9단원이 바로 '그림일기를 써요'이다. 10차시에 걸쳐, 하루 동안 일어난 일을 발표해보고, 또래 친구들이 쓴 그림일기를 읽어보고, 그림일기 쓰는 방법을 배운다. 주로 아이들이 겪은 일을 그림일기로 쓰게 하는데 차례는 이렇다. 하루 동안 겪은 일 떠올리기, 기억에 남는 일 고르기, 날짜와 요일, 날씨 쓰기, 그림을 그리고 내용 쓰기, 마지막으로 쓴 것을 다시 읽고 다듬기이다.

그림일기를 쓰면 좋은 점이 많다고 가르친다. 중요한 일을 잘 기억할 수 있고, 어떤 일이 일어났는지 알 수 있다. 그림일기를 통해 생각이나 느낌을 오래 간직할 수도 있고, 일어난 일에 대해 깊이 생각할 수도 있다고 말이다. '생각이나 느낌을 오래 간직'한다는 말이 무슨 뜻인지 1학년 아이들이 제대로 알 리 없겠지만,

그림일기는 우리 아이의 인생에서 가장 중요한 친구 중의 하나이다. 책(그림책)이 첫 번째 친구라면, 그림일기는 두 번째 친구이다. 책과 그림일기라는 두 친구와 친하게 지내는 아이라면 걱정할 것이 없다.

『그림 엄마』(넥서스주니어, 2011)의 저자 한젬마, 세계적인 그림책 작가 앤서니 브라운은 "아이를 창의적인 인재로 키우는 데 그림 그리기만큼 효과적인 것이 없다"고 말했다. 고 이오덕 선생님은 『삶을 가꾸는 글쓰기 교육』에서 "글쓰기 교육보다 더 나은 인간 교육이 또 있는지 모르겠다"라고 말했다. 그림 그리기와 글쓰기는 모두 '관찰'로부터 시작한다. 모든 창의성은 관찰로부터 출발한다고 해도 과언이 아니다. 그림 그리기와 글쓰기가 융합된 그림일기는 우리 아이의 인성을 가꾸고 창의성을 키우는데 가장 중요한 공부가 된다. 그런 의미에서 그림일기를 어떻게 시작하고 이어나가느냐에 부모가 더 많은 관심을 가져야 한다.

학교마다, 선생님마다 조금씩 다르지만, 보통 A4 그림일기 공책에 일주일에 한두 번 정도 그림일기를 쓰게 한다. 한쪽에는 날짜와 날씨, 그림을 그리고 다른 쪽은 글을 쓰는 면이다. 연필, 색연필 등이 주로 사용된다. 8절 스케치북을 그림일기 공책으로 활용하는 선생님도 있다. 아이들이 자기 생각과 느낌을 더 자유롭고 개성 있게 표현할 수 있도록 필기도구의 종류를 넓히는 것도 그림일기에 흥미를 느끼는 데 도움이 된다. 무얼 쓸지 몰라 어려워하는 아이가 있다면, 대화를 통해 쓸 거리를 몇 개의 낱말로 정리해준다. 뮤지컬이나 영화, 전시회, 맛집에 다녀왔다면 티켓이나 팸플릿, 영수증 등을 알맞게 오려 붙여도 좋다. 동시를 한 편 옮겨 적어도 좋고, 독서 감상문을 써도 된다.

피곤하거나 아픈 날은 한 줄만 써도 된다. 꼭 저녁이나 밤이 아니라 오전, 오후에 써도 괜찮다. 그림을 먼저 그리든 글을 먼저 쓰든 짧게 쓰든 길게 쓰든 그림을 정성껏 그리든 대충 그리든 가능한 한 아이의 의사를 존중해줘야 한다. 단, 부모와 선생님은 그림일기 쓰는 것을 중요하게 여긴다는 것, 네가 쓰고 그린 그림일기 공책을 소중하게 여긴다는 것을 시시때때로 알려주고 보여줘야 한다. 선생님처럼 부모도 그림일기 공책에 가끔 댓글을 써주면 좋다.

세상에서 가장 힘센 말을 꼽으라면, '꾸준히'를 들겠다. 날마다, 조금씩, 꾸준히, 그림일기를 채워나가는 꾸준함은 우리 아이의 기초 공부 체력이 된다. 그래서 우리 아이 첫 그림일기는 중요하다. 재미와 흥미를 가질 수 있도록 부모와 선생님이 도와주고 관심을 가져야 한다. 한 권, 두 권, 세 권, 자신의 그림일기 공책을 채워나갈 때마다 성취감을 느낄 수 있도록 해야 한다. 꾸준히 책 읽어주기를 실천해보면 말처럼 쉽지 않다. 우리 아이가 꾸준히 그림일기를 쓸 수 있도록 관심을 갖는 일은 더욱 어렵다. 하긴, 자식 농사에 쉬운 일이 어디 있을까.

일기, 이렇게 써봐요

19세기 러시아 문학을 대표하는 작가 톨스토이는 열아홉 살 때부터 죽을 때까지 일기를 썼다. 김안제 건국대학교 석좌교수는 초등학교 4학년 때부터 70살까지 일기를 썼다. 그 분량만 200자 원고지로 1만 9800장에 달해 한국 기네스북에 등재되었다. 이처럼 오랫동안 일기를 써온 사람들은 한결같이 일기의 힘은 대단하다고 입을 모은다.

빌 게이츠나 세계 최고의 투자자 워렌 버핏, 월가의 존경받는 투자자 존 템플턴 경, 동아시의 최대의 갑부인 리카싱은 매일 30분 이상은 꼭 책을 읽는다고 한다. 독서를 통해 여러 가지 정보를 얻을 뿐만 아니라 집중력과 판단력을 기르는데, 일기 쓰기는 이러한 독서의 사고과정을 모두 아우르는 통합적인 행위이다. 자신의 내면과 대화하는 일처럼 가치 있는 일이 또 있을까? 빌게이츠의 부모는 빌 게이츠의 텔레비전 시청을 금지한 대신 많은 책을 읽고 다양한 주제에 대해 깊이 생각하도록 했다. 빌게이츠의 부모처럼 자녀에게 독서습관을 길러 주는 것은 매우 중요하다. 여기에 일기 쓰는 습관까지 길러준다면 어떨까? 스스로를 돌아 볼 수 있는 힘, 자신의 생각과 느낌을 조리 있게 표현하는 힘, 사물과 사건을 관찰하는 힘, 그리고 문장력까지, 일기 쓰기는 생각 이상의 큰 보물을 자녀에게 선사해줄 것이다.

그렇다면 자녀의 일기 쓰기는 어떻게 지도하면 좋을까? 실제로 아이들에게 일기 쓰기는 또 하나의 숙제다. 매일 매일 엇비슷한 이야기를 억지로 써야하니 일기 쓰기가 재미없는 것은 당연하다. 학교에서 또 가정에서 제일 먼저 할 일은 재미있게 일기 쓰는 법을 가르치는 것이다. 그 첫 번째 방법으로 다양하게 일기 쓰는 방법을 아래에 소개해 본다.

독서일기 - 책을 읽은 후 독후감을 일기장에 쓴다. 내용과 느낌 적기, 주인공에게 편지 쓰기, 인상 깊었던 장면 그리기, 새롭게 알게 된 낱말이나 정보 찾기 등을 책과 관련된 일기를 쓴다.

시사일기 - TV 뉴스나 신문의 기사를 보고 내용을 간단히 적고 그 느낌, 생각, 의견 등을 적는다.

만화일기 - 생활 속에서 일어난 일들을 보통 일기로가 아닌 만화로 4~6개 정도의 그림과 글로 재치 있게 표현한다.

✿ 시 일기 - 생활일기로 쓸 글감을 시로 옮겨본다.

✿ 감상일기 - 시, 음악회, 미술전람회, 연극, 영화, TV프로그램 등을 감상하고 그 내용과 느낌을 일기로 쓰게 하는 방법이다.

✿ 편지일기 - 편지글 형식으로 누군가에게 이야기하듯 쓴 일기이다. 부모님께 꾸중을 들었던 일이 글감이라면 부모님께, 친구와 재미 있게 놀았던 일을 쓴다면 함께 놀았던 친구에게 또는 부모님께 말씀드리듯이 쓸 수 있다.

✿ 제목일기 - 부모나 교사가 일기의 제목을 부여하여 쓰도록 하는 방법이다.

✿ 신문일기 - 신문을 보고 가장 인상 깊었던 장면을 오려서 붙이고 그 내용에 대한 자신의 의견을 쓰는 방법이다.

날조꾸 쓸럽

무슨 말인가 의아하겠다. 날조꾸는 뭐고 쓸럽은 또 뭔가? 날조꾸는 날마다, 조금씩, 꾸준히의 줄임말이다. 쓸럽은 쓴다의 쓸과 클럽의 럽, 합성어다. 날마다, 조금씩, 꾸준히 글 쓰는 클럽이 바로 '날조꾸 쓸럽' 이다.

올해도 포항문인협회 부설 문예아카데미 개강식이 열렸다. 따로 광고하지 않았는데도 등록한 사람이 스무 명을 넘었다. 대부분이 40, 50대 중년으로 저마다 가입 동기와 포부가 진지했다. 무엇보다 배움에 대한 열의와 몸에 밴 부지런함이 돋보였다.

그때 문득, '날조꾸 쓸럽' 이 떠올랐다. 알다시피 글쓰기에 왕도는 없다. 그저 '날마다, 꾸준히, 조금씩 쓰는 것' 외에는 별도리가 없다. 그렇다고 날조꾸가 쉬운 일은 아니다. 전업 작가가 아니고서야 날조꾸 하기가 어디 쉬운가?

그날, 수강생 중에 "나는 야간 전문입니다. 낮에는 일하고 밤에 공부합니다. 문예아카데미가 낮에 있었다면 저는 못했을 겁니다.

매주, 문학이 있는 목요일 밤에 공부할 생각을 하니 가슴이 설렙니다."라고 말한 분이 있었다. '나는 야간 전문입니다' 란 말이 그대로 가슴에 꽂혔다. 낮에는 일하고, 밤에는 공부한다, 그게 내 전문이다, 라고 들렸다. 곱씹어도 참 멋진 말이다.

날마다, 조금씩, 꾸준히는 글쓰기의 제1원칙이다. 학창시절 일기 쓰기가 그 출발이다. 초등학교 때부터 일기만 날조꾸 해왔다면 자서전 따로 쓸 필요가 없다. 애석하지만 그런 사람 찾아보기 어려운 세상이다. 그렇다고 늦은 건 아니다. 지금부터라도 시작하면 된다. 하늘이 두 쪽이 나더라도 날조꾸 하겠다는 약속을 지키면 된다. 올해 문예아카데미에 들어온 분들에게 날조꾸 말고는 별로 할 얘기도 없다.

지난해 세 번째 시집 『사슴공원에서』(창비)를 출간한 고영민 시인은 매일 밤 자정에 일어나 두세 시간 시를 쓴다. 몸에 밴 습관이고 자신과의 약속이다. 그렇게 매일 밤 공들인 시간이 독자의 사랑을 받는 시집으로 세상에 태어났다.

정호승 시인은 조금 다르다. "나는 끊임없이 메모를 해두었다가 한꺼번에 집중적으로 몰아서 쓴다. 한번 시 쓰기가 시작되면 그 긴장이 몇 달간 계속 유지될 수 있도록 가능한 한 다른 일은 손대지 않는다." 이런 방법은 날조꾸가 아니라고 생각하면 오산이다. '끊임없는 메모와 몇 달간 계속' 이 바로 날조꾸다.

원고지로 하루 6~7매가 적당하다. 구상이나 퇴고를 포함하지 않는 그야말로 초고 쓰기다. 구상과 퇴고에 부담을 가지면 초고 쓰기가 어렵다. 생각이 많으면 몸(손가락)이 둔해진다. 날조꾸의 가장 중요한 원칙은 무엇이라도 반드시 쓴다는 것이다. 그렇게 오랫동안 날조꾸 하다 보면 어느 순간에는 '쓰기' 보다 '생각하기' 와 '고치기' 가 중요하다는 사실을 깨닫게 된다.

"시 쓰기의 절차는 세 단계다. 생각하기-쓰기-고치기. 모든 시가 창의성의 자장(磁場)에서 벗어날 수 없듯이, 모든 시 쓰기는 이 세 개의 터널을 통과하지 않고서는 시의 나라에 입국할 수 없다. 내가 문예창작 강의실에서 확인한 바로는, 대부분의 습작기 학생들(일반 시민도 결코 다르지 않다)이 생각하지 않고 쓴다는 것이다. 또 생각하고 썼다고 하더라도 고치지 않는다. 오로지 쓰기만 있다. 한 편의 시를 쓴 다음, 스스로에게 질문해보라. 아주 냉정하게. '나는 이 시를 쓰기 위해 얼마만큼이나 생각했는가. 이 시를 쓰고 나서 몇 번이나 고쳤는가.' 나는 늘 이렇게 주문한다. 새로운 의미와 표현을 생각해내지 못했다면 쓰지 마라. 쓰고 나서, 최소한 열 번 이상 소리 내어 읽으며 고치지 않았다면 발표하지 마라. 쓰는 단계가 가장 쉽다. 생각하기가 어렵고, 고치기는 더더욱 어렵다."

어느 문예지에 발표한 이문재 시인의 심사평이다. 쓰는 단계가 가장 쉽다는 말에 공감할 때까지 우리는 '날조꾸' 해야 한다. 손가락에 굳은살이 박일 때까지. 쓴다는 행위가 밥 먹고 숨 쉬고 똥 누는 일이 될 때까지.

글기지개의 기적

코로나19로 가장 안타까웠던 건 우리 반 아이들과 글기지개를 시작할 수 없다는 점이었다. 3월 2일에 시작해 이듬해 종업식까지 하루도 빠짐없이 글기지개를 써야하는데, 코로나19로 문을 닫으니 그저 기다리는 수밖에 없었다. 혹자는 온라인이나 유선으로 해보면 어떠냐고 했지만, 글기지개의 핵심은 대면(눈맞춤)이고 댓글(관심)이다. 대면(눈맞춤)과 댓글(관심) 없이는 1년 동안 꾸준히 쓰기 어렵다. 다행히 6월 8일부터 반 아이들이 격일제로 등교하기 시작했다. 현재 설레는 마음으로 글기지개를 하루하루 채워나가고 있다.

글기지개는 '아침 10분 글쓰기 활동' 을 가리킨다. 매일 아침 학교에 와서 어제부터 오늘아침까지의 겪은 일이나 감정을 공책에 서너 줄로 짧게 쓰는 것이다. '아침에 쓰는 일기' 라고 할 수 있다. 그걸 뭐라고 부를까 궁리하다가 '글, 기지개' 를 떠올렸다. 매일 아침 '글로 기지개를 켠다' 라는 의미다. 글기지개를 시작한지도 벌써 9년째다. 날마다, 조금씩, 꾸준히 쓰는 글기지개는 여러 가지 면에서 효과가 크다. 무엇보다 자신도 모르게 글 쓰는 습관이 잡힌다. 글기지개를 안 쓰면 뭔가 찝찝할 정도다. 무엇보다 서너 줄 쓰는 게 별로 두렵지 않다. 어느 순간, 글쓰기를 겁내하지 않는다는 건 참말로 대단한 일이다.

5학년 1반 친구들과 글기지개를 쓴지 한 달이 넘었다. 글기지개를 한 달 동안 빠짐없이 써온 몇몇 아이들의 소감을 소개한다.

"학교에 첫 등교해서 글기지개를 썼는데 벌써 한 달이 되었다. 솔직히 벌써 한 달이 되었다는 게 실감이 나지 않는다. 내가 글을 잘 쓰게 된 것도, 우리가 글을 잘 쓰게 된 것도 다 글기지개 덕분이라고 생각한다. 원래 글을 잘 쓰는 친구들은 더더욱 잘 써질 것 같다. 글을 쓰는 게 귀찮기만 했지만 이젠 맨날맨날 글기지개를 쓰니깐 익숙해져서 귀찮지가 않은 것 같다. 우리 담임 샘을 안 만났다면 글을 이렇게 쓰진 못할 것 같다."

"벌써 글기지개가 한 달이 됐다. 나는 벌써 한 달이 됐나, 생각했다. 와우! 나는 글기지개가 너무 재미있다."

"왠지 모르겠지만 글기지개가 무려 한 달이 지났다. 뭔가 뿌듯하다. 처음엔 손이 부러질 듯 귀찮았는데, 이젠 괜찮다. 귀찮은 것보다 이젠 재미있다. 이번년도 선생님은 우리가 귀찮게 생각하는걸 많이 없게 만들어주는 선생님 같다."

"글기지개를 한 달 써보니 뭐 그럭저럭(?)도 있지만, 스트레스 푸는 거에 도움이 된다. 나도 저번에 동생, '그놈의 동생' 때문에 글기지개에 적었는데 진짜, 스트레스가 잘 풀린다."

"오늘도 아침부터 글기지개를 쓴다. 글기지개 쓴지 어느덧 한 달, 좋은 점은 뭔가 특이하고 재미있다는 것이다. 그런데, 딱 하나 아쉬운 점이 있다. 학교 가는 날에는 글기지개를 아침에 쓴다. 그런데 꼭 학교 나와서(끝나고) 재미있는 일이 생긴다."

아이들의 글기지개를 읽으면 행복하다. 두 달, 세 달, 일 년…… 꾸준히 글기지개를 써나갈 것이다. 모든 기적은 '꾸준히'에 있다고 나는 믿는다.

세상에서 가장 힘센 말, 꾸준히!

누구나 잘 알다시피 글쓰기에 왕도는 없다. 송나라의 유명한 문인이었던 구양수는 글 잘 쓰는 방법으로 삼다(三多)를 들었다. 많이 읽고, 많이 쓰고, 많이 생각하면 좋은 글을 쓸 수 있다는 것이다. 오늘날 어떤 이는 '과정'이나 '퇴고', '베끼기'를 보태기도 한다. 하지만 핵심은 백련자득(百鍊自得)이다. 끊임없는 연습을 통해 스스로 깨치는 수밖에 없다. 원래 백련자득은 검도에서 쓰이는 용어다. 거듭 단련한다는 뜻의 '백련(百鍊)'은 옛날 중국에 전해졌다는 명검(名劍)을 가리키기도 한다. 백련을 통해 명검이 나왔으니 명필도 백련에서 나오는 것은 당연지사다.

장자(莊子) 천도(天道) 편에 전하는 윤편(輪扁)의 일화는 백련자득의 좋은 예다. 제(齊)나라 환공(桓公)이 어느 날 책을 읽고 있던 차에, 대청 아래에서 수레바퀴를 만들던 윤편(수레바퀴를 만드는 장인)이 환공에게 무슨 책을 읽고 계시는지를 물었다. 그러자 그는 '지금 성인(聖人)의 경전을 읽고 있노라'고 대답하였다. 이에 윤편이 다시 물었다. "그 책을 지은 성인은 아직 살아계십니까?" "이미 돌아가셨지." "그렇다면 지금 읽고 계시는 책은 옛사람의 찌꺼기에 불과한 거로군요." 미천한 윤편으로부터 이 같은 불손한 말을 듣자, 환공은 크게 노하였다. "네 이놈! 당장 그 같이 말한 이유를 말해보아라. 만약 네가 말을 돌리거나 허튼수작을 하면 네 목을 베어버리겠다." 그러자 윤편이 엎드려 말하였다. "대왕이시여, 잠시 고정하소서. 비록 제가 수레바퀴나 만드는 천한 것이오나, 제가 아는 바퀴 만드는 것에 비유하여 대왕께 그같이 말한 이유를 사뢰겠나이다." 그리고 그는 이어서 설명해 나갔다.

"수레바퀴를 만들 때엔 칼을 너무 빨리하게 되면 힘은 덜 들지만 바퀴가 둥글지 않게 되고, 반대로 칼을 너무 느리게 하게 되면 바퀴는 둥글게 되지만 힘이 더 들게 됩니다. 그래서 바퀴를 만들 때는 칼이 너무 빠르지도, 혹은 느리지도 않게 스스로 속도를 터득하여 자유자재로 손을 움직이는 것이 최상의 기술이지요. 그렇지만 이같이 너무 빠르지도 느리지도 않게 자유자재로 칼을 쓰는 기술은, 제 하나 밖에 없는 자식 놈에게 여러 번 전해주려 했지만 아직까지도 어떻게 전해줄 도리가 없습니다. 그래서 지금 나이가 칠십이 되었지만 어쩔 수 없이 아직도 제 손으로 바퀴를 만들고 있습지요. 이러한 것으로 미루어보건대, 옛날 성인이 얻으신 대도(大道)도 말이나 글만으로는 전할 수 없음이 또한 분명하지 않겠습니까. 그러므로 소인이 감히 그 책은 옛사람의 찌꺼기에 불과하다고 말씀드린 것입니다." 이 말을 들은 환공은 크게 깨닫는 바가 있어서, 잡았던 책을 놓고 그 늙은 윤편에게 후한 상을 내렸다.

'자유자재로 칼 쓰는 기술'을 익히려면 윤편처럼 수십 년 부지런히 깎고 다듬어 보는 수밖에 없다. 그 오묘한 감(感)을 어찌 말과 글로 전할 수 있겠는가. 그저 부지런히 읽고 쓰고 다시 읽고 쓰면서 백련자득하는 수밖에.

글쓰기뿐만 아니라 모든 일이 그렇다. 그저 자신의 게으름을 경계하면서 부지런히 백련자득하면 누구나 한 경지에 다다를 수 있을 것이다.

자정 넘어 아파트 단지를 돌아보면 듬성듬성 불 켜진 창이 보인다. 가끔 그 불빛 아래 누가 무엇을 하고 있을까 상상해보는데 윤편처럼 부지런히 제 삶의 수레바퀴를 깎고 있을 것 같아 괜스레 마음이 설레기도 한다.

누군가 붓 잘 쓰는 이가 있다면 '백련자득(百鍊自得)' 붓글씨 한 폭 얻어 교실에 걸어두고 싶다. 호기심 많은 아이들이 "선생님, 이게 무슨 뜻이에요?" 재잘거리는 소리가 벌써 귓가에 들리는 듯하다.

5장 날마다, 조금씩, 꾸준히 읽고 쓰기

05 날마다, 조금씩, 꾸준히 읽고 쓰기

스스로가 하고 있는 일의 순간, 순간에 몰입하는 것.
그 속에 바로 우리가 찾는 행복의 비밀이 숨어 있다.

이 글을 쓰는 순간, 순간이
바로 그러했던 것처럼 말이다.

당신이 잘 있으면, 저도 잘 있습니다

– 『라틴어 수업』 (한동일, 흐름출판, 2017)
– 『적과 흑』 (스탕달, 민음사, 2004)

'한 달에 한 권 읽기' 책 모임에서 8월의 책으로 한동일 교수의 『라틴어 수업』을 읽기로 했다. 한동일 교수는 한국인 최초의 바티칸 대법원 로타 로마타(Rota Romana) 변호사다. 로타 로마나 변호사가 되려면 유럽의 역사와 교회법, 라틴어와 기타 유럽어까지 능통하고 합격률이 6~7%에 불과한 자격시험을 통과해야 한단다. 학교에 있으면서도 영어 울렁증 때문에 원어민과 마주치면 쭈뼛거리기 일쑤인 나 같은 범인은 상상조차하기 어렵다. 영어, 불어, 독일어도 아니고 까다롭고 복잡하기로 악명 높은 라틴어라니.

라틴어, 하면 고등학교 때 읽은 스탕달의 『적과 흑』이 떠오른다. 치정(癡情) 소설이었지만, 아름다운 심리 묘사가 탁월했다. 주인공 쥘리앵 소렐은 가난한 상인의 아들로 태어나 마을 신부에게 라틴어를 배우며 야망을 키운다. 1830년대 당시 프랑스에서 성직자가 되려면 라틴어는 필수였다. 쥘리앵은 뛰어난 라틴어 실력으로 베리에르 시장인 레날 씨의 라틴어 가정교사로 들어간다. 그곳에서 레날 부인과 운명적 사랑에 빠지지만, 신분 상승을 꿈꾸던 쥘리앵은 정략결혼을 선택하며 파국을 맞는다. 스탕달의 『적과 흑』을 읽으면서 '라틴어'는 출세의 문을 열기 위한 열쇠로 내게 각인되었다.

그런 선입견 때문인지 한동일 교수는 어떤 출세(?)를 위해 라틴어를 공부했을까 색안경을 끼고 읽다가 점점 자세를 고쳐 앉았다. 현대판 쥘리앵의 라틴어 성공담이 아니었다. 지혜로운 삶의 태도에 관한 책이었다. 서강대학교 학생뿐만 아니라 타 학교 학생과 교수들, 일반인들까지 최고의 명강의라고 치켜세운 것은 그가 어려운 라틴어를 쉽게 가르쳤기 때문이 아니라 라틴어를 통해 삶의 자세와 태도에 관해 조언했기 때문이다. 이를테면, "시 발레스 베네, 발레오.(Si vales bene, valeo), 당신이 잘 있으면 나도 잘 있습니다."라는 로마인들이 편지를 쓸 때 애용하던 첫 인사말을 소개하면서 이렇게 조언한다.

"타인의 안부가 먼저 중요한, 그래서 '그대가 평안해야 나도 안녕하다'라는 그들의 인사가 문득 마음 따뜻하게 다가옵니다. 내가 만족할 수 있다면, 내가 잘 살 수 있다면 남이야 어떻게 되든 별로 신경 쓰지 않는 요즘 우리의 삶이 위태롭고 애처롭게 느껴집니다. (중략) 내 작은 힘이나마 필요한 곳엔 더불어, 함께 하겠다는 따뜻한 마음을 가지고 주위에 대한 관심을 버리지 않는다면, 삶이 지금보다 훨씬 좋아질 거라고 장담할 수는 없어도 적어도 더 나빠지지 않을 겁니다. 아니, 지금보다 조금은 좋아지지 않을까요?"

태도나 마음가짐에 따라 행복을 가져올 수 있다, 라는 뜻의 라틴어 '베아티투도(beatitudo)' 처럼 한동일 교수는 『라틴어 수업』 내내 "사랑하라, 그리고 네가 하는 싶은 것을 하라!"라며 우리의 어깨를 다독인다. 『라틴어 수업』을 읽으며 손난로처럼 따뜻했던 고등학교 시절의 은사님을 떠올렸다. "당신이 잘 있으면, 저도 잘 있습니다."

헬렌 니어링의 삶

– 『아름다운 삶, 사랑 그리고 마무리』 (헬렌 니어링, 보리, 1997)
– 『조화로운 삶』 (스콧 니어링, 헬렌 니어링, 보리, 2000)

책은 인간관계와 비슷하다. 어떤 책은 항상 가까이 두고 자주 보고 싶지만 또 어떤 책은 몇 장 넘기다 이내 멀리 던져둔다. 이사를 다녀도 꼭 챙기는 책이 있는가 하면 이때다 싶어 분리수거장으로 내다버리는 책도 있다. 첫사랑 같은 책이 있는가 하면 두고두고 꺼내 읽으며 위안을 받는 오랜 친구 같은 책도 있다. 내 돈 들여 사는 꼭 사야하는 책이 있고, 도서관에서 빌려 읽는 책이 있다. 모서리를 접거나 삼색 볼펜으로 정성스레 밑줄을 치는 책이 있는가 하면 잡지책처럼 설렁설렁 훑어보고 덮어버리는 책이 있다. 책과 인간은 참 많이 닮았다. 인간을 통해 다른 인간으로 나아가듯 책을 통해 다른 책으로 나아간다. 최근에 읽은 헬렌 니어링(1904~1995)의 자서전 『아름다운 삶, 사랑 그리고 마무리』가 그러하다.

헬렌의 삶을 이해하려면 인도철학자 크리슈나무르티와 경제학자 스코트 니어링을 알아야 한다. 헬렌은 한때 크리슈나무르티의 연인이었다가 스물네 살에 스코트 니어링을 만나 평생을 함께 한다. 스코트는 헬렌보다 스물한 살이나 많았다. 1928년 스코트가 삶의 밑바닥까지 추락했을 때, 헬렌은 스코트의 든든한 반려자가 되어주었다. 두 사람은 1932년 버몬트 숲으로 들어가 농장을 일구며 단순하고 소박한 삶의 원칙을 지키며 스무 해를 살았다. 그 보석 같은 삶의 기록이 바로 『조화로운 삶』이다. 소로우의 『월든』(1854)과 함께 인간 문명의 위선과 인간다운 삶, 지속가능한 환경에 대해 묵직한 질문을 던지는 고전이다.

『조화로운 삶』, 『조화로운 삶의 지속』을 읽으며 꼿꼿한(?) 스코트 보다는 유연한 헬렌에게 더 큰 호감을 느꼈다. 헬렌이 없었다면 스코트는 백 살 생일 때 "스코트 니어링이 백 년 동안 살아서 이 세상은 더 좋은 곳이 되었다."라는 마을 사람들의 축하를 받을 수 없었을 것이다. 백 살이 된 스코트 니어링은 스스로 음식을 끊고 죽음으로 삶을 완성했다. 스코트가 죽고 8년 뒤에 헬렌은 『아름다운 삶, 사랑 그리고 마무리』라는 책을 펴냈다. 헬렌의 삶은 '친절과 배려, 사랑' 으로 압축할 수 있다. "45년의 연구와 공부 뒤에 얻은 다소 당혹스러운 결론으로, 내가 사람들에게 줄 수 있는 최상의 조언은 서로에게 조금 더 친절 하라는 것이다."라는 올더스 헉슬리의 말에 헬렌은 전적으로 동의했다. 1983년 8월 24일 아침, 헬렌은 스코트의 마지막 순간을 함께 하며 아메리카 토착민의 노래를 조용히 읊조렸다고 한다. "나무처럼 높이 걸어라. 산처럼 강하게 살아라. 봄바람처럼 부드러워라. 네 심장에 여름날의 온기를 간직해라. 그러면 위대한 혼이 언제나 너와 함께 있으리라." 스코트는 "좋……아. 하……."하며 마지막 숨을 내쉬었다고 한다.

마흔 중반을 겨우 넘기는 와중에 뒤늦게 스코트와 헬렌을 만났다. 잘못 살아왔다는 생각이 들었다. 그렇다고 이 삶을 당장 어찌할 도리는 없다. 바꿀 수 있는 건 세상이 아니라 '자기 자신' 뿐이라고 헬렌과 수많은 성자들이 말했다. 삶의 나침반을 '소박한 삶' 으로 맞춰본다.

내 생각과 감정은 정말 내 것일까?

– 『마음에게 말 걸기』 (대니얼 고틀립, 문학동네, 2009)
– 『샘에게 보내는 편지』 (대니얼 고틀립, 문학동네, 2020)

『마음에게 말 걸기』의 저자 대니얼 고틀립은 고교 시절부터 학습장애로 낙제를 거듭했다. 대학을 두 번 옮긴 끝에 템플 대학교에서 학습장애를 극복하고 심리학 박사학위를 받았다. 촉망받는 젊은 정신과 전문의로 성공 가도를 걷던 서른세 살의 어느 날, 불의의 교통사고로 척추손상을 입어 전신 마비가 되었다. 결혼 10주년을 맞아 아내에게 줄 결혼선물을 찾으러 가는 길에 당한 사고였다.

그 후 극심한 우울증과 이혼, 자녀들의 방황, 아내와 누나, 부모님의 죽음을 차례로 경험하면서 삶의 지혜와 통찰력, 연민의 마음을 갖게 된다. 둘째 딸이 낳은 유일한 손자 '샘'이 자폐증 판정을 받자 어린 손자에게 전해주고픈 이야기들을 32통의 편지에 담는다. 그 편지들은 『샘에게 보내는 편지』라는 책으로 출간되어 많은 독자의 사랑을 받았다.

끔찍한 비극을 당한 사람들이 느끼는 일련의 감정들, 충격, 슬픔, 분노, 공포는 한 사람의 마음을 폐허로 만든다. 대니얼 고틀립도 '거대한 물체가 차창을 덮치는' 마지막 장면 이후 병원에서 깨어났을 때, 자신의 몸이 전신 마비가 되어 있다는 사실을 알았다. 한순간에 일생을 휠체어에 앉아 보내야 하는 신세가 된 것이다. 인간의 삶이란 이렇듯 한 치 앞을 알 수 없다. 예기치 못한 사고와 비극 앞에서 인간은 그저 망연자실할 뿐이다.

다만, 거기서 자신의 처지를 원망하고 체념하고 절망하기를 반복한다면, 삶은 더욱 나락으로 떨어질 뿐이다. 암울한 감정의 소용돌이를 힘겹게 빠져나온 대니얼 고틀립이 병원에서 가장 먼저 한 일은 '관찰하기' 였다. 사실 그가 휠체어에 앉아서 할 수 있는 일은 그것밖에 없었다. 관찰하기는 삶을 가만히 바라보기와 같다. 사람 대부분은 그럴 기회가 없다. 내가 누군지, 왜 사는지 모른 채 허깨비처럼 휘적휘적 살아갈 뿐이다.

대니얼 고틀립은 불행한 사고로 한순간에 휠체어 신세가 됐지만, 그는 자신의 삶을 객관적으로 바라볼 수 있는 소중한 시간을 얻은 셈이다. 누구에게나 불행한 사고는 일어날 수 있다. 장애를 가진 사람들의 80%가 후천적으로 일어난 사고 때문이다. 다른 것이 있다면 '사고' 에 대처하는 자세다. 어떻게 바라보느냐에 따라 사고 이후의 삶은 크게 달라진다. 덫이 될지 닻이 될지는 자신의 마음 먹기에 달렸다.

말리는 대니얼 고틀립의 딸 알리가 아끼는 다리가 세 개밖에 없는 개다. 말리의 다리는 네 개가 아니라 세 개다. '관찰' 에 따르면, 말리는 잃어버린 다리에 별로 신경을 쓰지 않는다. 산책할 때 말리를 본 사람들의 반응은 측은한 눈빛이 대부분이다. 다리를 잃는 것과 목이 부러지는 것은 삶의 질을 좌우는 큰 사고다. 하지만, 동물과 사람은 여기서 완전히 다르게 반응한다는 것을 대니얼 고틀리는 알아냈다. 인간에게는 '자의식' 이라는 것이 있다. 내 삶이 반드시 이러이러한 모습이어야 한다는 에고가 존재한다. 다리를 잃거나 목이 부러지거나 암에 걸리거나 부도가 나 빈털터리가 되면 '자의식' 이 송두리째 흔들린다. 열등감과 절망으로 에고가 불타오른다.

말리와 같은 개는 삶을 온전히 끌어안고 산다는 것을 그는 목격했다. 조건 없이 사랑하고, 부당한 처우에도 불평하지 않는다. 삶과 사랑과 죽음을 '생각' 하지 않고 온몸으로 껴안고 산다. 자존감이나 정체성이란 말도 환상에 불과하다는 것을 그는 알아챘다. 도대체 나는 누구이고 무엇인가? 내 생각과 감정은 정말 내 것일까? 호흡명상을 할 때 숨이 들어가고 나오는 것만을 의식하려고 한다. 그 와중에도 온갖 생각과 감정은 쉴 틈 없이 피어오른다. 부지불식간에 생각에 끌려갔다가 감정에 내동댕이쳐지는 나를 본다.

대니얼 고틀립이 만났던 지혜로운 노부부는 이 세상의 수많은 지혜로운 사람들처럼 '나' 라는 글자가 더 작고 흐릿했다. 이것이 무엇을 뜻하는지 깨닫는다면 삶이 훨씬 충만해질 것이다.

경주 산책

– 『숲속의 방』 (강석경, 민음사, 1986)
– 『강석경의 경주 산책』 (강석경, 열림원, 2004)

2004년에 출간된 강석경 작가의 '경주 산책'을 어렵게 구했다. 지금은 품절이라 온라인 중고서점을 뒤졌다. 그중 한 곳에서 이상하게도 정상가보다 비싸게 팔고 있었다. 유심히 보니 '저자의 사인'이 있는 책이라서 그랬다. 얼른 신청했더니, 중고서점 사장에게서 문자가 왔다. "받는 사람 이름도 있는데 구입하시겠습니까?" 잠깐 망설였지만, 흔쾌히 구입하겠다고 답장을 보냈다. 하루 만에 책이 왔는데 첫 장에 초록색 색연필로 받는 사람과 작가의 사인이 쓰여 있었다. 아무렴. 작가의 손 글씨를 보는 것만으로도 설레었다. 강석경이 누군가. 1985년 제10회 오늘의 작가상을 받은 '숲속의 방' 작가가 아닌가. 한창 예민했던 문학청년 시절에 강석경의 소설 '숲속의 방'은 휘몰아치는 감정의 소용돌이를 경험케 해주었다.

내 인생 소설의 작가가 가까운 경주에 산다는 것만으로 '경주'는 더 특별해졌다. '내가 경주로 돌아온 것은 나 자신의 근원으로 돌아온 회귀이다.' 사실 강석경 작가의 고향은 대구다. 그런 그녀가 경주에 자리 잡은 건 무슨 이유일까? 책에서 그녀는 말한다. "존재의 불확실성에 방황하면서 성년의 세월을 보내고, 세계도 돌아보고 뒤늦게 경주에 터를 잡은 것은 그야말로 뿌리로의 귀환이 아닐까. 내 근원의 고향인 자연으로, 25년간 살았지만 뿌리내리지 못한 서울이 연옥처럼 떠오르는 것은, 자연과 분리된 삶 때문이리라. 도시의 삶은 늘 나를 허기지게 했다. 온갖 현세적인 욕망을 추구하느라 입에 거품을 무는 도시의 생리. 나도 알아볼 수 없으리만치 변해버린 대구도 고향같이 생각되지 않는다. 내게 고향이란 육신이 태어난 물리적 장소가 아니라 영혼이 안주할 수 있는 장소이다."

영혼이 안주할 수 있는 곳이 고향이다. 경주가 그녀에게 그런 곳이다. '황룡사지에서' 라는 글에서 수많은 장소 중에 왜 하필 '경주' 인지를 밝힌다. "근원적인 것을 보여주기에 능이 있는 고도의 풍경은 아름답다. 산 자와 죽은 자, 고대와 현대가 공존하는 경주는 늘 나를 매료시키고, 내게 영감을 준다. 환상과 영감의 샘물인 경주와의 조우는 작가로서 행운이지만 정신의 고향을 갖게 되었으므로 한 자연인으로서도 행복한 일이다. 누구와의 만남이 내 인생에서 필연이었는지는 말하기 힘들지만, 경주와의 만남은 그래서 필연이라고 주저 없이 말할 수 있다."

내게 경주는 청마 백일장과 목월 백일장이 열렸던 곳이다. 까까머리 학창 시절에 포항역에서 기차를 타고 경주역에 내려 의기양

양하게 백일장에 참가하곤 했다. 요즘엔 불국사가 좋아졌다. 특히, 비에 젖은 석가탑과 크고 작은 돌탑들을 좋아한다. 황남동에 〈소소밀밀〉 그림책방과 서악동에서 〈시인의 뜨락〉을 운영하는 부부 시인을 좋아한다. 동리목월문학관 특강에서 만난 경주의 엄마, 아빠들과 아이들을 좋아한다. 월포, 칠포, 구룡포, 양포도 좋지만 경주 감포를 더 좋아한다. 경주 남산 능비봉 오층석탑을 좋아한다. 적다 보니, 내게도 경주는 필연적인 장소다. 내년에 직장을 옮기는데, 이런 글을 쓰고 있는 걸 보니 아무래도 나는 경주로 갈 운명인가보다.

나의 아름다운 선생님들

– 『나의 아름다운 정원』 (심윤경, 한겨레, 2013)
– 『나는 선생님이 좋아요』 (하이타니 겐지로, 햇살과 나무꾼, 1995)

고3 때, 대학 진학을 앞두고 내 선택지는 국어국문학과와 국어교육학과로 좁혀졌다. 아이들이 있는 학교에서 일하고 싶었고, 학교에서 일한다면, 국어와 문학을 가르치고 싶었다. P 여고 2학년 4반 문학 선생님이 내 꿈이었다. 당시는 수능과 내신, 논술이 대학 입시의 당락을 좌우했다. 수능과 내신 성적은 곧잘 반비례했다. 내신은 좋은데 수능이 나쁘거나, 수능은 좋은데 내신이 별로인 친구들이 많았다. 나는 후자였다. 내신은 형편없었지만, 수능은 기대 이상으로 잘 나왔다. 내신으로 까먹은 성적을 수능이 살려 준 것이다. 글쓰기를 좋아해서 논술도 별 부담이 없었다. 한 번은 모의 논술 고사를 보면서 시도 한 편 곁들여 썼더니 채점관(대학원생이었을 것이다)이 빨간 펜으로 다음부터는 시는 쓰지 말라고 적어 보냈다. 그게 하도 우스워, 다음에도 시를 한 편 곁들여야겠다고 다짐했던 기억이 난다.

존경하는 선생님을 몇 분 찾아뵙고 진로에 관해 이야기를 나누었는데 뜻밖의 말씀을 하셨다. "넌 교대를 가면 좋겠다." 가정 형편, 성격, 특기, 전망 등을 종합한 선생님들의 애정 어린 조언이었다. 결국 나는 가까운 교대로 진학했다. 교대는 고등학교와 비슷했다. 한 가지 다른 점이 있다면 여학생이 많다는 것뿐. 한동안 적응을 못 해서 학사경고를 받으며 방황했다. 어찌어찌 졸업해서 고향으로 돌아와 교단에 섰다. 18년이 흘렀고, 그때 선생님들의 조언이 제자를 향한 깊은 애정에서 우러나왔음을 비로소 깨닫는다.

교대 진학해서 놀랐던 것 중의 하나는 동기들이 그동안 만났던 교사들에 대해 적대적이라는 점이었다. '인간' 같지 않은 '선생'들이 많았다고 고백했다. 물론, 나도 그런 '선생'들을 만난 적이 있다. 촌지, 편애, 폭력, 권위, 방관이 횡행하던 시절이었다. 억울하게 심한 폭행을 당한 적도 있다. 하지만, 내 기억 속에는 아름다운 선생님들의 면면이 더 많다. 운이 좋았던 것일까. 심윤경의 소설 『나의 아름다운 정원』에는 동구의 아픔을 다독여주는 박영은 선생님이 나온다. 가정사에서 비롯된 폭력과 억압 때문에 동구는 초등학교 3학년임에도 불구하고 글씨를 제대로 읽지 못하는 난독증을 앓고 있다. 박영은 선생님의 따뜻한 사랑과 자상한 배려 덕분에 동구는 가족들 앞에서 선생님의 편지를 낭독하기에 이른다. 동구에게 박영은 선생님은 '영혼의 성장'을 이끄는 중요한 인물이다. 박영은 선생님이 없었다면 동구는 어떻게 되었을까? 동구의 아름다운 영혼의 정원은 더 이상 아름답지 않았으리라.

교사는 아이들의 영혼에 흔적을 남기는 사람이다. 최근에 본 영화 〈벌새〉의 김영지 선생님, 그 유명한 영화 〈죽은 시인의 사회〉에 키팅 선생님, 하이타니 겐지로의 동화 『나는 선생님이 좋아요』에 고다니 선생님과 아다치 선생님. 그리고 심윤경의 소설 『나의 아름다운 정원』에 박영은 선생님. 이들이 책과 영화에만 있는 것은 아니다. 잘 드러나지는 않지만 아이들 마음속에 아로새겨진 아름다운 선생님도 많을 것이다.

입시철이다. 고3 조카는 최근에 면접을 열심히 보러 다닌다. 오로지 성적으로만 가늠해서 원서를 쓰는 건 어리석은 일이다. 삶에서 중요한 건 속도가 아니라 방향이라고 한다. 의대에 입학했다가 자퇴하고 애니메이션 학과로 진로를 바꾼 학생이 그걸 증명한다. 자신을 잘 아는 아름다운 선생님들과 삶과 진로에 관해 이야기를 많이 나누었으면 좋겠다. 좋은 스승을 만나려는 준비가 되어있다면, 김영지 선생님, 박영은 선생님, 키팅 선생님, 고다니 선생님, 아다치 선생님들은 바로 여러분 곁에 있다.

부모로서 해줄 단 세 가지

– 『내 아이가 힘겨운 부모들에게』 (오은영, 녹색지팡이, 2015)
– 『그러니 그대 사라지지 말아라』 (박노해, 느린걸음, 2010)

코로나19로 온라인 수업이 길어지면서 반 아이들과 일주일에 한번밖에 못 만나고 있다. 저번에는 태풍 때문에 하루 등교하는 날조차도 온라인수업으로 전환했다. 아이들 만나서 할 일이 태산이었는데, 망연자실이다. 최초로 학급 선거를 온라인으로 치러야 할 판이다. 글기지개 2권 넘어가는 아이들도 있어 진심으로 격려하고 새 공책을 챙겨줘야 하는데 이러지도 저러지도 못하고 있다. 학기 초 꿈꿨던 많은 것들. 이를테면, 시 암송, 시 쓰기, 글기지개, 학급카페, 놀이 활동, 가정독서토론 등등이 코로나19로 물거품이 되는 꼴을 보자니 코로나 블루가 아니더라도 가슴에서 부아가 치밀어 오른다.

가장 걱정스러운 모습은 교실에 등교한 아이들 중 몇몇이 수업시간에 꾸벅꾸벅 존다는 것이다. 물어보면, 십중팔구, 새벽까지 게임을 하거나 유튜브동영상을 봤다고 한다. 생활리듬이 완전히 깨진 것이다. 뭐든지 귀찮아요, 귀찮아요, 귀찮아 타령을 하는 아이도 늘었다. 학부모들의 걱정이 이만저만이 아니다. 나또한 학부모이므로 고충을 모를 리 없다. 눈치를 살살 보면서 벌써부터 요령을 피우는 딸아이를 보자니, 이를 어쩌나, 싶다. 누굴 탓하랴. 원격수업은 어쩔 수 없는 선택이다. 담임과 학부모가 좀 더 관심과 인내를 가지고 도와주는 수밖에. 코로나19 치료제 희소식이 들리니 아무쪼록 내년에는 마스크 없는 세상에서 마음껏 뛰어놀고 어울리며 수업할 수 있기를 기도하고 있다.

오은영 교수의 『내 아이가 힘겨운 부모들에게』는 사춘기 아이들의 심리와 부모들의 고민을 담은 책이다. 5학년 담임으로서 예사롭지 않게 읽혔다. 특히, 자녀와의 관계가 삐걱거리는 시점을 '공부' 로 잡은 것은 몸소 체험한 일이다.

"대부분의 아이들은 보통 공부를 시작하는 시점부터 말을 안 들어요. 공부를 놀이처럼 즐겁게 하는 아이는 없거든요. (중략) 이렇게 본격적으로 공부를 해야 하는 시기부터 아이와 부모는 사소한 일에 티격태격하게 돼요. 관계가 삐걱대기 시작하는 거죠."

딸아이의 공부, 특히, 수학과 영어를 봐주기 시작하면서 나는 딸에게 화를 많이 냈다. '내가 왜 이러지.' 란 생각을 자주 하면서. 그전에는 늘 "우리 은유 참 열심히 했네.", "우리 은유 자랑스럽다." 이런 말들을 자주 했는데 공부를 시작하면서, 아이가 잘못 하는 것에만 도끼눈을 뜨고 있는 것이다.

'나는 내 아이에게 일체의 요구와/ 그 어떤 교육도 하지 않기로 했다/ 미래에서 온 내 아이 안에는 이미/ 그 모든 씨앗들이 심어져 있을 것이기에// 내가 부모로서 해줄 것은 단 세 가지였다/ 첫째는 내 아이가 자연의 대지를 딛고/ 동무들과 마음껏 뛰놀고 맘껏 잠자고 맘껏 해보며/ 그 속에서 고유한 자기 개성을 찾아 갈 수 있도록 자유로운 공기 속에 놓아두는 일이다.'

박노해 시인의 「부모로서 해줄 단 세 가지」라는 시를 알아도 현실은 호락호락하지가 않다. '내가 먼저 잘 사는 것, 내 삶을 똑바로 사는 것' 이라는 시구를 다시 한 번 마음에 새겨본다. 경험상, '공부는 스스로 하지 않으면 아무 의미가 없다', 란 말도 함께.

생각이 고통이다

– 『보면 사라진다』 (김열권, 정신세계사, 2001)
– 『생각 사용 설명서』 (전현수, 불광출판사, 2012)

위빠사나붓다선원장 김열권 법사의 책 '보면 사라진다' 에는 이런 대화가 나온다. "거사님, 무엇이 고통입니까?" "생각이 고통입니다." 생각이 고통이라니? 이게 무슨 말일까? 철학자 데카르트는 "나는 생각한다. 고로 존재한다."라고 말했다. 모든 진실을 부정하더라도 인간이라면 부정할 수 없는 마지막 명제가 '생각과 존재' 라고 여긴 것이다. 반면에 인류의 영적 스승이라 불리는 틱낫한 스님은 "나는 생각한다. 고로 존재하지 않는다."라고 어느 강연에서 말했다. 생각을 바라보는 관점이 이렇게 다른 것은 무슨 연유일까? '생각' 이란 말은 일상에서 자주 쓰이지만 생각이 판단, 인식, 기억, 관심, 마음, 상상, 느낌, 의견, 의지, 분별, 욕구 등으로 두루 쓰이는 줄은 모르는 사람이 많다. 이 모든 것들은 조건에 따라 뭉치고 흩어지면서 존재(想)가 되기도 하고 고통(苦)이 되기도 하고 무아(無我)가 되기도 한다. 그러니 누구도 틀린 말을 한 것은 아니다.

전현수 박사의 '생각 사용 설명서' 에 따르면, 명상 수행자들은 수행 중에 생각의 정체를 알게 된다고 한다. 내 마음대로 생각한다고 생각했는데 사실은 그게 아닌 것이다. 생각은 그저 '나' 의 의지와는 상관없이 조건에 따라 떠올랐다가 사라진다는 것을 알게 된다. 생각을 내 마음대로 어찌할 수 없다는 것은 보통 큰일이 아니다. 하버드 대학교 심리학 교수인 윌리엄 제임스는 '비가 온다' 를 'It rains', '바람인 분다' 를 'It winds' 라고 하듯이 생각도 'I think, You think' 하면 안 되고 'It thinks' 로 해야 한다고 주장했다. 생각의 실체를 정리하자면, 나는 생각한다가 아니라 생각은 떠오른다, 생각이 난다가 옳다.

그렇다면 생각은 어디서 어떻게 떠오를까? 마음수련 단체에서는 마음이 무엇이냐는 질문에 '기억' 이라고 답한다. 컴퓨터로 치면 저장장치에 기록된 모든 것들이 '마음' 이고 그것이 조건에 따라 '생각' 으로 떠오른다. 의식이든 무의식이든 저장되어 있지 않으면 떠오를 수가 없다. 전현수 박사는 '입력된 것이 우리다' 라고 말했다. 눈은 사진기, 귀는 녹음기가 되어 태아 때부터 우리는 데이터를 저장하고 그것이 '나' 를 이룬다. 그중에 부정적인 생각은 떠오르는 힘이 가장 강하다. 화, 상처, 미움, 원망, 걱정, 불안, 두려움 같은 부정적인 생각은 불꽃처럼 강렬하게 솟구쳐 오르는 특징이 있다. 이런 생각은 대부분 과거와 미래에 대한 것이다.

코로나 19 관련 뉴스나 기사를 접할 때마다 불안과 두려움이라는 생각에 사로잡히는 사람들이 많다. 생각은 분명 우리에게 영향을 준다. 어떤 생각은 평생 동안 한 인간의 삶을 짓누르기도 한다. '생각이 고통이다' 란 말은 생각과 정신적 고통은 깊은 관계가 있다는 말이다. 생각이 많으면 결코 편안하지 않다. 우울증, 강박증, 불면증도 생각이 많아서 생기는 정신 질환이다. 생각을 줄이거나 멈추면 편안해 진다. 방법은 현재에 집중하는 것이다. 명상은 한 마디로 '현재에 집중하는 것' 이다. 코로나 19로 집에서 머무는 시간이 많아졌다. 명상으로 현재에 집중하기 딱 좋은 시절이다.

왜 학교는 불행한가?

– 『왜 학교는 불행한가?』 (전성은, 메디치미디어, 2011)

– 『학교란 무엇인가?』 (EBS, 중앙북스, 2011)

거창고 교장을 지낸 전성은 선생의 책 『왜 학교는 불행한가?』를 한 문장으로 정리하면, "학교는 국가 필요에 의한 인재양성소일 뿐 인간을 더 인간답고 지혜롭게 살아갈 수 있도록 도움을 주는 곳은 아니다."로 요약할 수 있다. 극단적으로 말하자면, 학교는 '인간적인 인간을 비인간적으로, 지혜로운 인간을 어리석은 인간으로 만드는 곳' 이다.

노무현 전 대통령의 초대 교육혁신위원장이기도 했던 전성은 선생에게 학교는 "우리 입시 제도는 경쟁이다. 네가 들어가면 내가 못 들어간다. 경쟁을 수단으로 국민을 통제하던 고대국가와 식민지국가에서 하던 정책을 그대로 따라하는 전근대적이고 비인간적인 제도다. 결국 아이들은 일류대학에 가기 위해 친구와의 놀이도 반납하고 밤잠을 줄여가며 공부에만 매달리게" 되는 끔찍한 지옥이자 인간완제품을 조립하여 사회에 제공하는 무시무시한 공장인 셈이다.

그런 그가 2008년에 추진한 대입안 중에 하나가 바로 '수능 등급제' 이다. 등급으로 간격을 넓게 매겨 학생들의 입시 부담을 덜어 주려고 했던 것이다. 취지는 좋았지만, 현실은 그렇지 못했다. 학생들의 입시 부담을 덜어주려던 목적은 온데간데없고 '로또 수능' 이라는 혹평과 비판에 시달렸다. 결국 이명박 정부 들어 백분위와 표준점수를 제공하는 방식으로 바뀌면서 '수능 등급제' 는 1년 만에 폐지되었다.

비단 공교육에 대한 불신은 어제오늘의 일이 아니지만, 시장경제원리를 교육정책에 도입하면서 학교는 점점 더 황폐해지고 있다. 중 · 고등학생 10명 중 6명은 우울증을 겪거나 자살을 생각해 본 것으로 드러났고, 2010년에 학업을 중단한 전국의 학생 수는 무려 5만 276명에 이른다. 지난해 연간 사교육비는 20조 9천억에 육박한다. 통계만으로는 '학교는 죽었다' 라고 선고해야할 지 모른다.

다행히, EBS 교육대기획 『학교란 무엇인가』를 보고나면 생각이 달라진다. 그럼에도 불구하고, 여전히 대한민국의 학교는 숨 쉬고 꿈꾸고 성장하고 있음을 목격하게 된다. 무엇보다 나아질 수 있다는 희망을 품게 한다. 그것만으로도 '학교란 무엇인가' 라는 프로그램은 값지다. 1, 2부는 '아이들의 행복을 위해서 학교는 무엇을 해야 하는가?' 라는 주제로 접근한다. 매일 152명의 학생이 학교를 떠나는 현실을 되짚어보고, 왜 학생이 학교를 떠나는가와 우리가 정말 원하는 학교를 만들어 갈 방법에 대한 고민이

오롯이 녹아 있다. 1, 2부를 보고 나면 '학교는 공부만 가르치는 곳'이 아니라는 걸, '사람은 사랑과 믿음'으로 자란다는 걸 확인할 수 있다.

3부는 공교육의 새로운 모델이라는 주제로 배움 공동체 '이우학교'를 조명한다. "짧지만 강렬했던 2년, 내 생애 가장 따뜻하고 강렬했던 나날들!"이라는 어느 졸업생의 글 한 토막으로 '이우학교'를 말할 수도 있겠다. 4부는 '세계 최고의 고등학교'인데 한국의 민족사관고, 미국의 토마스 제퍼슨고, 인도의 마요 칼리지를 소개한다. 이 세 고등학교의 공통점은 강력한 '내적 동기'와 '자기 주도성'을 부여한다는 것이다.

'왜 공부를 하는가?'라는 물음에 확신에 찬 표정으로 대답할 수 있다면 그 학생은 이미 차원이 다른 곳에서 출발했다고 할 수 있다. 수십 개가 넘는 동아리가 활발하게 운영되는 민족사관고, 매일 아침 OR(작문노트)을 제출하는 토마스 제퍼슨고, 토론과 함께 대중 앞에서 연설 훈련을 하는 마요 칼리지의 모습 등도 매우 인상적이다. 5부 '우리 선생님이 달라졌어요', 6부 '칭찬의 역효과', 7부 '책읽기, 생각을 열다', 8부 '0.1%의 비밀', 9부 '사교육 보고서', 10부 '노는 아이들이 기적, 서머힐 학교'까지 무엇 하나 놓칠 게 없다. 학교와 학생이 불행하지 않으려면 우리가 어떻게 해야 하는지 비로소 말할 수 있을 것이다.

당신의 글과 말에서 인생의 지혜를 배운다

– 『당신이 옳다』 (정혜신, 해냄, 2018)
– 『나는 심리치료사입니다』 (메리 파이퍼, 위고, 2019)
– 『보르헤스의 말』 (윌리스 반스톤, 마음산책, 2015)

올해 읽은 책들의 목록을 살펴본다. 부지런히 읽는다고 읽었는데 성에 차진 않는다. 허생처럼 두문불출 7년 동안 책만 읽고 싶다. 과연 그런 기회가 주어진다면 마냥 행복할까? 솔직히 그렇지 않을 것 같다. 뭔가 또 다른 무언가를 바라겠지. 1년 동안 딸에게 읽어준 그림책, 동화책을 포함하여 참으로 다양한 분야의 책에 밑줄을 그었다. 밑줄 친 낱말이나 문장, 문단은 워드로 작성해서 갈래별로 모아둔다. 월동 준비를 하듯 차곡차곡 마음에 모아둔다. 겨우내 어쩌면 사는 내내 두고두고 꺼내어 쓴다. 마음의 양식이란 말은 헛말이 아니다. 좋은 문장은 좋은 음식과 같다. 좋은 음식을 먹으면 몸에 피와 살이 되듯 좋은 문장을 읽으면 영혼에 빛과 온기가 돈다. 올 한 해 만난 좋은 문장을 독자들과 나누고자 한다.

정혜신 박사의 『당신이 옳다』에서 만난 불편한 진실이다. "현대 정신의학은 삶에서 예상되는 많은 문제는 알고 보면 화학적 불균

형으로 인한 정신 장애이므로 약을 먹어서 해결하라고 세뇌하는 쪽으로 너무 많이 나갔다. 자식을 잃은 부모의 슬픔이 어째서 우울증인가. 학교에서 왕따를 당한 아이의 우울과 불안을 뇌신경전달 물질의 불균형이 초래한 우울증 탓으로 돌리는 전문가는 비정하고 무책임하다."

메리 파이퍼의 『나는 심리치료사입니다』란 책은 읽고 또 읽은 책이다. 다독(多讀)보다 더 좋은 것은 같은 책을 반복해서 읽는 재독(再讀), 삼독(三讀)이다. 책이 너무 좋아 아끼는 지인들에게 기쁜 마음으로 선물했다. 고 장영희 교수의 스테디셀러 〈살아온 기적 살아갈 기적〉처럼 서재에 두고 오래 읽을 책이다. 〈나는 심리치료사입니다〉에서 다음과 같은 문장은 읽는 이의 가슴을 아리게 만든다. "제가 생각하는 가장 큰 비극은 아름다운 어떤 존재가 성장하고 싶어 하는데 다른 어떤 존재가 그것을 저지할 때입니다."

호로헤 루이스 보르헤스의 대담을 정리한 『보르헤스의 말』이라는 책에서 가장 인상 깊은 문장은 '지옥'에 관한 보르헤스의 관점이다. "지옥에 관해 말하자면, 난 지옥이 장소가 아니라고 생각해요. 사람들이 지옥을 장소라고 여기는 이유는 단테를 읽었기 때문인 것 같은데, 난 지옥을 상태라고 생각해요. 영혼은 스스로 지옥이나 천국에 이르게 되죠. 좀 더 정확하게 말하자면, 영혼은 그 스스로를 거치면서 지옥이나 천국이 되는 거예요." 언젠가부터 나도 천국이나 지옥은 장소가 아니라 마음의 상태라고 생각해왔다. 〈논어〉 위정편에서 '불혹(不惑)'은 세상일에 정신을 빼앗겨 갈팡질팡하거나 판단을 흐리는 일이 없는 나이, 마흔을 이르는 말이라고 했지만, 그것 또한 특정 나이가 아니라 마음의 상태라고 여긴다. 보르헤스의 영웅 에머슨은 "인생은 하나의 긴 인용문"이라고 말했다. 남의 글과 말에서 인생의 지혜를 배운다. 12월도 얼마 남지 않았다. 맵찬 칼바람이 몰아치는 겨울이다. 두문불출, 책 읽기 참 좋은 계절이다. 밑줄 긋기 딱 좋은 계절이다.

토요일의 인천국제공항

– 『우리가 인생이라 부르는 것들』 (정재찬, 인플루엔셜, 2020)

『우리가 인생이라 부르는 것들』은 '밥벌이', '돌봄', '건강', '배움', '사랑', '관계', '소유'로 나누어 모두 7장으로 쓰였다. 정재찬 교수가 생각하는 '인생이라 부를 만한 것들'의 목록이다. '토요일의 인천공항'이 재미있다. 우리나라 사람들의 SNS 속 텍스트에 나타난 감정 어휘를 위치 기반 정보에 입각해 분석해보면, 언제나 행복도가 가장 높게 나오는 특정 지역이 있다고 한다. 바로 인천국제공항. 토요일의 인천공항은 행복지수가 가장 높은 곳이다. 그러면서 김훈의 '밥벌이의 지겨움'이라는 글을 곁들인다. 밥벌이의 비애와 토요일의 인천공항이라니. 토요일의 인천공항은 일상에서 가장 멀어진 시공간이 된다. 먹고살기 위해 매일같이 일하는 일상이 없다면, 토요일의 인천공항 같은 특별한 시공간도 별다른 의미가 없을 것이다. 인천공항이 밥벌이의 터전인 사람들도 수 천 명은 될 테니까.

영화 〈죽은 시인의 사회〉에서 키팅은 학생들에게 "의술, 법률,

사업, 기술, 이 모두가 고귀한 일이고 생을 유지하는 데 필요한 일이지만, 시, 아름다움, 낭만, 사랑, 이런 것들이야말로 우리가 살아가는 목적"이라고 말한다. 그러면서 정재찬 교수는 "우리의 꿈은 명사가 아니라 형용사이어야 할지 모릅니다. 우리는 누구나 '무엇인가' 가 되고 싶어 합니다. 그 무엇은 명사겠지요. 의사, 교사, 공무원, 회사원 같은 것들 말입니다. 그런데 그런 것들, 가령 명사 '교사' 는 이삼십 대 안에 되든지 안 되든지가 결정이 납니다. 하지만 가령 형용사 '존경스러운' 교사는 정년까지도, 아니 평생토록 이루기 힘듭니다. 생의 목표는 그런 게 되어야 하지 않을는지요."라고 조용히 일러준다. 우리 인생의 목표가 시, 낭만, 아름다움, 사랑이 넘치는 삶이기를 바라는 것이다.

인생은 가까이에서 보면 비극이지만, 멀리서 보면 희극이다, 라고 찰리 채플린이 말했다. 원문을 직역하면, "인생은 클로즈업으로 보면 비극이지만, 롱숏으로 보면 희극이다."가 된다. 느낌이 달라진다. 우리 인생도 마찬가지이다. 삶을 가까이에서 보면 비극이고, 멀리서 보면 희극이다. 나만 빼고 모두 행복한 것 같지만 실상은 그렇지 않다. 누구나 각각의 사연으로 아픔을 품고 산다. 누구나 소소한 기쁨으로 삶을 살아간다. 정재찬 교수는 행복하려면 자기 자신을 약간 떨어진 자리에서, 좀 더 객관적 시점에서 살펴볼 필요가 있다고 말한다. 대상에 대한 적당한 거리와 시간의 간격이 필요하다고 역설한다.

목표가 이끄는 삶처럼 거창할 필요는 없다. 소소한 행복의 즐거움과 삶의 감사함을 아는 일상을 사는 것이 어쩌면 진정한 행복의 비밀인지 모른다. 마음만 바꿔먹으면 일상이 토요일의 인천국제공항이 될 수 있는 것처럼. 꽉 막힌 퇴근길, 차창 밖 노을이 한 편의 근사한 미술 작품이 될 수 있는 것처럼.

조화로운 삶의 기술

– 『고엔카의 위빳사나 명상』(S.N. Goenka, 김영사, 2017)
– 『고엔카의 위빳사나 10일 코스』(S.N. Goenka, 김영사, 2017)

세계적인 위빠사나 명상 지도자, 고엔카는 조화로운 삶의 기술을 다음과 같이 말했다. "스스로 평화롭고 조화롭게 살고 다른 모든 사람을 위해 평화와 조화를 불러일으키는 방법이며, 사심 없는 사랑, 연민, 타인의 성공을 진심으로 기뻐함, 평정심으로 가득 찬 완전히 순수한 마음이라고 하는 최상의 행복을 향해 나아가면서 나날이 행복하게 사는 방법."

조화로운 삶의 기술을 배우기 위해서 부조화의 원인을 발견해야 하는데 원인은 항상 각자의 내면에 있다. 위빠사나는 긴장과 고통을 불러일으키는 뿌리 깊은 집착이 있는 곳까지 자신의 정신적, 육체적 구조를 탐구하도록 도와준다. 자신의 실제를 경험하는 것이 가장 중요하다. 정신과 육체의 모든 본질을 경험하고 나서야 정신과 물질 너머에 있는 궁극을 알 수 있다.

그 시작은 호흡을 알아차리는 것이다. 왜 호흡일까? 낱말, 주문, 형상, 특정 상황과 같은 대상은 더 강한 상상과 환상을 요구한다.

어떤 단체에서는 부수고 죽이는 끔찍한 상황을 상상하게 하는데 이는 결코 올바른 방법이 아니다. 고엔카는, “호흡은 모두에게 공통적인 것이기 때문에 호흡을 관찰하는 것은 누구나 받아들일 수 있습니다. 이 수행의 길에서 모든 발걸음은 종파주의로부터 완전히 자유로워야 합니다. 호흡은 자기 자신에 대한 진리를 탐구하기 위한 도구입니다. 호흡은 알고 있는 것에서 알고 있지 못하는 것으로 건너가는 다리 역할을 합니다. 왜냐하면, 호흡은 의식적일 수도 있고 무의식적일 수도 있으며, 의도적일 수도 있고 자동적일 수도 있는 하나의 육체적 기능이기 때문입니다.”

호흡은 본질적으로 마음과 긴밀하게 연결되어 있다. 걱정과 근심, 흥분과 분노로 가득 찬 마음 상태가 되면 호흡은 거칠고 빨라진다. 번뇌가 사라지만 호흡은 다시 차분해진다. 이처럼 호흡은 몸과 마음을 동시에 관찰, 탐구할 수 있는 가장 보편적인 대상이다.

알다시피 마음은 하나의 대상에 머물지 못하고 항상 다른 대상으로 떠돌아다닌다. 마치 원숭이가 이 나무에서 저 나무로 끊임없이 옮겨 다니듯이 말이다. 마음은 그 어떤 대상에도 머물지 못한다. 끊임없이 배회한다. 문제는 항상 마음이 과거 아니면 미래에서 헤맨다는 사실이다. 이러한 마음의 습성 때문에 우리는 후회와 불안으로 고통스러운 것이다. 수행의 첫걸음은 지금 이 순간 코로 들어오고 나가는 호흡을 통해 현재에 마음을 고정할 때 시작된다. 지금, 여기에 마음을 머물게 하는 것이다.

마음은 늘 무지, 갈망, 혐오로 덮여 있다. 환상, 망상, 갈망, 집착, 혐오, 미움으로 반응하기 시작하면서 우리의 고통은 시작된다. 이러한 마음을 정화하는 방법은 호흡을 관찰하는 것으로 가능하다. 호흡에 마음을 완전히 집중한 순간, 순간들이 길어지면 마음의 습성을 바꿀 수 있다. 코로 들어오고 나가는 호흡, 현재를 알아차리면서 반응하지 않고 오로지 관찰하는 것으로 마음은 조금씩 깨끗해진다. 조화로운 삶의 기술을 배우는 첫걸음은 호흡을 알아차리는 수행을 꾸준히 하는 것이다. 조용히 앉아서 자신의 호흡을 알아차리는 시간을 가져보자.

집콕 시대에 팔자 고치기

– 『조용헌의 인생독법』 (조용헌, 불광출판사, 2018)
– 『조용헌 살롱』 (조용헌, 랜덤하우스코리아, 2006)

신축년(辛丑年) 새해가 밝았다. 아이들은 2020년의 마지막 날, 글기지개에 공통으로 '지옥 같았던 2020년'이라고 썼다. 소풍은커녕 운동장에서조차 마음껏 뛰어놀지 못했던 아이들이다. 특히, 1학년 아이들은 순한 사슴처럼 온종일 마스크를 쓰고 투명 가림막 안에서 생활했다. 얼마나 갑갑하고 힘들었을까?

2021년에는 '마스크를 벗고 마음껏 뛰어놀고 싶은' 우리 아이들의 소망이 과연 이뤄질까? 안타깝지만, 2021년도 기약하기 어렵다. 전문가들은 팬데믹(pandemic)이 기후변화와 깊은 관련이 있다고 한다. 기후변화에 따른 대재앙의 전조도 전 세계에서 연일 보고되고 있다. 12월 31일, 겨울방학식은 줌(Zoom)으로 진행되었다. 화면 속에 아이들은 자기 방이나 거실에 앉아서 멀뚱멀뚱 캠 카메라를 쳐다봤다.

"겨울방학 동안 방역수칙 잘 준수하고 독서, 글쓰기, 운동 꾸준히 하기. 알았지? 약속!" 나는 새끼손가락을 들어 보이며 힘주어 말했지만, 어딘가 서운하고 아쉬운 마음은 숨길 수 없었다. 아이들도 마찬가지였다. 원격으로 '지옥 같았던 2020년'을 마무리 짓는구나, 하는 서글픈 기색이 서로 역력했다.

2021년 새해라고 별반 다를 것이 없다. 잠잠하던 코로나19가 재유행하면서 사람과 사람이 모이는 일이 커다란 민폐가 되고 있다. 올해도 역시나 '집콕 시대'는 계속될 것이다.

집콕 시대에 우리는 무엇을 하면 좋을까? 문득 동양학자 조용헌 교수의 '팔자 고치는 법'이 떠오른다. 조용헌 교수는 적선(積善), 스승 만나기, 독서, 명상(기도), 명당, 자신의 사주팔자를 아는 여섯 가지 방법으로 팔자를 고칠 수 있다고 한다. 집콕 시대에 안성맞춤이다.

적선(積善)이라고 꼭 만나서 몸으로 때워야 하는 것은 아니다. SNS나 통화로도 얼마든지 선을 쌓을 수 있다. 이야기를 들어주고, 안부를 전하는 일 따위가 모두 적선(積善)이다. 조용헌 교수는 "적선(積善)이라는 것은 주변 사람들이 자기에게 우호적인 감정을 갖도록 투자하는 이치와 같다. 주변이 우호적인 사람들로 둘러싸여 있으면 그 사람은 덕이 있는 사람이다."면서 적선(積善)을 팔자 고치는 첫 번째 방법으로 제시했다. 나는 요즘 카톡창에 생일이라고 뜨는 지인이 있으면 정성껏 챙긴다. 몇 글자 진심을 담아 축하해주는 것만으로 그들은 기뻐하고 감사해한다. 연락처를 살피며 오래 연락이 뜸했던 친구에게 전화하기도 한다. 얼마나 좋은가. 집콕 시대에 비대면으로 적선(積善)하기.

두 번째 방법은 스승을 만나는 것인데, 이것 또한 집콕 시대에 절묘한 해법이다. 물론, 위대한 감화를 주는 스승을 랜선으로 만나기는 어렵다. 하지만 랜선을 통해 세상에 숨은 고수들을 만나 다양한 잡기를 배울 수 있다. 배우고자 하면 랜선으로 얼마든지 배울 수 있다. 어느 정도까지는 갈고 닦을 수 있다. 올해는 피아노 기초를 배우고자 한다. 피아노 반주를 넣어 노래를 불러보고 싶다. 구독과 '좋아요'로 스승을 정했다. 뭐든 자기 하기 나름이다. 올 연말에 피아노 반주로 노래를 부를 수 있으면 좋겠다.

세 번째와 네 번째는 독서와 명상이다. 다행히 코로나19로 집에 있는 시간이 늘면서 책 판매량이 조금 늘었다고 한다. 나도 2021년 1월을 두 권의 책으로 시작했다. 정재승 교수의 『우리가 인생이라 부르는 것들』과 프레드 울만의 『동급생』으로 신축년 독서 마라톤의 출발선을 끊었다. 독서 마라톤이라고 했으니 함께 뛰는 동반자가 필요하다. 마음이 통하는 가까운 사람과 함께 읽는 게 좋다. 같은 책을 읽고 오붓하게 책 이야기를 나눌 사람이 곁에 있다는 건 크나큰 축복이다. 방법은 간단하다. 그저 읽다가 마음에 드는 낱말이나 구절, 문장을 만나면 밑줄을 긋는 것이 전부다. 만나서 밑줄 친 부분을 읽으며 소감을 나누면 된다.

정재승 교수의 『우리가 인생이라 부르는 것들』에서 마종하 시인의 「딸을 위한 시」에 밑줄도 긋고 형광펜도 칠했다. "한 시인이 어린 딸에게 말했다./ 착한 사람도, 공부 잘하는 사람도 다 말고/ 관찰을 잘 하는 사람이 되라고.//"

마종하 시인의 '딸을 위한 시'를 읽고 흠뻑 취했다. 마종하 시인의 시집을 구하고자 했지만 모두 절판이었다. 중고서점을 뒤져 몇 권을 찾았다. 시집이 어서 오기를 손꼽아 기다리고 있다.

조용헌 교수는 "독서는 역사적으로 뛰어난 인물들과 대화를 나누는 일"이라고 했다. 운이 나쁠 때는 집에서 책이나(?) 읽는 것이 훨씬 이득이라면서. 코로나19가 유행하는 시대는 운이 나쁜 시대가 맞다. 운이 나쁠 때는 싸돌아다니면 손해다. 집에 편히 누워서 '역사적으로 뛰어난 인물들과 대화'를 나눠보자.

명상은 짤막하게 한 마디만. "왜 명상을 하나요?" 오프라 윈프리가 답했다. "명상은 제 삶을 1000% 나아지게 하기 때문입니다." 집콕 시대에 팔자 고치는 방법 4가지를 소개했다. 지금 당장 전화기를 들거나 모니터 앞에 앉거나 책을 펼치거나 방석을 깔면 좋겠다.

사람은 언제 가장 행복할까?

–『몰입, 미치도록 행복한 나를 만나다』
(미하이 칙센트미하이, 한울림, 2014)

행복의 순간을 설문한 조사에 따르면 남녀노소를 불구하고 가족과 또는 연인과 함께 무언가를 했던 순간이 가장 행복했다는 결과가 많았다. 결국, 행복이란 어떤 순간(the moment)에 존재하는 것이다.

벨기에의 시인이자 극작가인 마테를링크가 1906년에 발표한 아동극 '파랑새'는 '행복이란 무엇인가?'에 대한 오래된 질문이자 아름다운 답변이다. 치르치르와 미치르 남매는 요술쟁이 할머니의 아픈 딸이 보고 싶어 하는 파랑새를 찾아 떠난다. '추억의 나라', '밤의 궁전', '미래의 나라' 등에서 파랑새를 만나지만 우여곡절 끝에 남매는 결국 파랑새를 얻지 못한다. 실망해서 집으로 돌아온 남매는 그토록 찾아 헤매던 파랑새가 자기 집 새장에 있다는 것을 발견한다.

'세상에는 사람들이 생각하는 것보다 훨씬 많은 소박한 행복들이 있거든요. 하지만 대부분의 사람들은 그런 행복을 전혀 알아보지 못해요.' 라는 빛의 요정의 말처럼 행복은 우리 곁에 있지만 우리는 그것을 좀처럼 발견하지 못한다. 행복은 먼 곳이 아니라 우리 가까운 곳에 늘 숨어 있다. 다만, 그것을 우리가 미처 알아채지 못할 뿐이다. 숨바꼭질을 할 때 술래는 숨어 있는 친구들을 찾아 부지런히 돌아다니고 구석구석 잘 살펴야 한다. 그래야만 꼭꼭 숨어 있는 친구(행복)들을 발견할 수 있다.

그런 의미에서 『몰입, 미치도록 행복한 나를 만나다』(미하이 칙센트미하이, 한울림, 2014)의 저자 칙센트미하이 교수의 '몰입(flow) 이야기는 과학적인 행복 접근법이라 할 만 하다. 우선 칙센트미하이 교수는 '행복은 우연히 찾아오는 것이 아니다' 라고 선언한다. 그러면서 '행복은 외부에 있는 사물에 의해서 좌우되는 것이 아니라 오히려 우리들이 이것들을 어떻게 해석하는가에 달려 있다. 실제로 행복은 우리가 준비해야 하고, 마음속에서 키워가야 하며, 사라지거나 빼앗기지 않도록 스스로 지켜내기도 해야 하는 특별한 것이다.' 라고 주장한다.

행복해지는 방법은 외부가 아니라 내부의 우리 마음을 조절하는 것에서 답을 얻을 수 있다고 한다. 외적인 조건들, 이를테면, 기질, 외모, 환경 등에 좌우되지 않고 우리의 행동과 감정을 조절할 수 있을 때, 우리는 우리 삶의 주인인 듯한 느낌을 순간, 순간 경험 할 수 있다. 바로 그러한 경험을 칙센트미하이 교수는 ' 최적 경험 '이라고 부른다.

'최적 경험' 을 나는 이렇게 이해한다. 종종 제게 왜 글을 쓰게 됐느냐고 묻는 사람이 있다. 그럴 때마다 나는 이렇게 답변한다.

"중학교 2학년 때 자발적으로(?) 원고지 70매 분량의 단편소설을 여름방학 내내 매달려 쓴 적이 있습니다. 태어나서 처음 써 본 소설이었고, 처음 감당해 본 분량이었습니다. 그 한 달 동안 원고지 앞에 앉아 쓰고 지우고, 쓰고 지우고를 반복하며 저는 알 수 없는 희열과 시간이 왜곡되는 경험을 했습니다. 여름방학이 끝날 무렵, 마지막 문장을 쓰고 소설에 마침표를 찍었을 때 느낀 기쁨과 성취감은 아직도 제 머리와 가슴이 기억하고 있습니다. 그때부터 글을 썼던 것 같습니다."

아마 이러한 경험이 칙센트미하이 교수가 말한 ' 최적 경험 '이자 ' 몰입 '이 아닐까 생각한다. 스스로가 하고 있는 일의 순간, 순간에 몰입하는 것. 그 속에 바로 우리가 찾는 행복의 비밀이 숨어 있다.

이 글을 쓰는 순간, 순간이 바로 그러했던 것처럼 말이다.

네가 누리는 축복을 세어보라

– 『살아온 기적 살아갈 기적』(장영희, 샘터, 2009)

여행이나 출장을 위해 짐을 꾸린 뒤 가장 마지막으로 하는 일은 책을 고르는 것이다. 학생들과 2박 3일의 야영을 떠나기 전에 학교 도서관에 들러 고른 책은 고 장영희 교수의 에세이 『살아온 기적 살아갈 기적』이다. 월간 샘터에 '새벽 창가에서' 라는 제목으로 연재했던 칼럼을 모은 책이다. 2009년에 1쇄를 찍었는데 지금까지 89쇄를 더 냈으니 대단한 스테디셀러다. 읽어본 사람들이 각자의 방식으로 위안과 감동을 한 모양이다. 나도 언젠가 지인으로부터 이 책을 추천받은 기억이 있다.

학생들이 야영 활동을 하는 틈틈이 책장을 넘긴다. 한 편, 한 편 읽어나가자니 이 책을 추천하고픈 친구들과 제자들의 얼굴이 떠오른다. SNS에 책 표지와 가장 감동한 글귀를 올린다. 얼마 지나지 않아 부산, 대구, 서울 등지에 사는 친구들과 제자들의 댓글이 올라온다. 대학생이 된 제자들은 이즈음이 시험 기간인가 보다.

“시험 기간인데 좋은 글 올려주셔서 감사해요.” 나도 댓글을 쓴다. “시험 끝나면 꼭 읽어보렴.” SNS에 올렸던 글을 소개한다.

“민숙아, 어디선가 읽은 이야기인데, 사람이면 누구나 다 메고 다니는 운명자루가 있고, 그 속에는 저마다 각기 똑같은 수의 검은 돌과 흰 돌이 들어 있다더구나. 검은 돌은 불운, 흰 돌은 행운을 상징하는데 우리가 살아가는 일이 이 돌들을 하나씩 꺼내는 과정이란다. 그래서 삶은 어떤 예기치 못한 불운에 좌절하여 넘어지고, 또 어떤 때는 크든 작든 행운을 맞이하여 힘을 얻고 다시 일어서는 작은 드라마의 연속이라는 것이다. 아마 너는 네 운명자루에서 검은 돌을 몇 개 먼저 꺼낸 모양이다. 그러니 이제부터는 남보다 더 큰 네 몫의 행복이 분명히 너를 기다리고 있을 것이다.”

인용한 글은 『살아온 기적 살아갈 기적』에 실린 에세이 「무릎 꿇은 나무」 중에 일부이다. 민숙은 장영희 교수의 제자다. 그 어떤 학생보다 재능이 뛰어났고, 밝고 명랑하고, 겸손하면서도 똑똑하고, 무엇보다 마음이 따뜻하고 착해 늘 친구들을 다독거렸던 제자, 민숙은 의심할 여지없이 ‘정석’의 삶을 살겠거니 장영희 교수는 믿었다. 하지만, 민숙의 삶은 ‘완벽한 조건을 갖춘 신랑감으로 보였던 그’가 남긴 상처로 넘어지며 어긋나기 시작한다.

“한번 빗나가기 시작한 삶은 자꾸 엉뚱한 데로만 치달아, 외로웠던 너는 그곳에서 다시 한 사람을 사랑하게 되었고, 새삼 돌이켜 기억하고 싶지 않은 많은 경험 끝에 이제 넌 이 넓고 험한 세상에 두 살짜리 아기와 혼자 남게 되었구나. 아프고 지친 너는 이제 무심히 너를 지나쳐 앞으로 가는 사람들 뒤에 홀로 남아 이 무서운 삶을 살아 내야 한다"라고 제자의 쓰라린 삶을 회상하는 대목에서는 눈시울이 뜨거워진다. 불행과는 도무지 어울리지 않던 제자의 불행 앞에 장영희 교수는 "속수무책으로 지켜보고 있을 수밖에 없었다"고 고백하면서도 위의 '운명자루' 이야기를 민숙에게 들려준다.

불행은 '속수무책' 이고 한번 빗나가기 시작하면 '도미노' 처럼 삶을 무너뜨린다. 하지만 불행도 행복도 총량이 있고 한계가 있는 법이다. 민숙에게는 자신을 믿고 지지해주는 스승이 있고 사랑스러운 아기가 있고, 무엇보다 절망의 구렁텅이에서도 작은 행복과 축복을 헤아리는 긍정적인 자기 자신이 있었다.

그러면서 장영희 교수는 로키산맥 해발 3천미터 수목 한계선 지대에 마치 사람이 무릎을 꿇고 있는 듯 서 있는 나무들 이야기로 민숙에게 쓰는 위로와 희망의 편지를 마친다. 그 이야기는 『살아온 기적 살아갈 기적』 116쪽을 펼쳐 꼭 확인해보기 바란다. 「다시 시작하기」, 「내가 살아보니까」, 「괜찮아」, 「네가 누리는 축복을 세어 보라」와 같은 에세이는 사랑하는 이들에게 나지막이 읽어주고 싶은 감동적인 글이다.

종이책은 사라지지 않는다

- 『종이책 읽기를 권함』 (김무곤, 더숲, 2011)
- 『소설처럼』 (다니엘 페나크, 문지, 2004)

저자는 서문에서 "저는 당신이 이 책을 천천히 읽어주시면 좋겠습니다. 이 책은 많은 시간을 들여 아주 천천히 쓴 책입니다. 재능이 부족하고 게으른 탓도 있지만, 깊은 생각과 많은 공부가 필요했기 때문입니다. 서둘지 않고 오래 구상하고 천천히 생각했습니다. 쓰다가, 쉬다가, 다른 책을 읽다가, 생각하다가 또 다시 쓰는 일을 반복했습니다. 당신도 이 책을 천천히 읽다가, 덮었다가, 다시 읽어주시면 좋겠습니다. 천천히 책장을 넘기시면서 손가락에 전해지는 감촉을 느껴주십시오. 때때로 책장의 행간과 여백을 지긋이 바라봐 주십시오. 종이책을 읽는 소중함과 기쁨을 다시 한 번 느끼게 해 드리고 싶습니다."라고 썼다. 종이책에 대한 저자의 깊은 애정을 느낄 수 있는 서문이다.

스마트폰 이천만 시대와 종이책 읽기를 권함은 사실 어울리지 않는 감이 있다. 더욱이 2015년부터 초 · 중 · 고등학교 학생을 대상으로 디지털 교과서가 마련된 교실로 이동하거나 개인기기를 이용해 수업에 참여할 수 있도록 하겠다는 게 교과부의 방침이다. 교과부 관계자는 디지털 교과서가 "학생들의 무거운 책가방을 해소하고, 학부모들에게는 학습지와 참고서를 별도로 구입하는 부담을 덜어줄 것으로 기대한다."고 밝혔다. 학생들 손에 종이책 대신 디지털 교과서나 전자책이 들릴 날이 얼마 남지 않았다는 말이다.

그럼에도 저자는 종이책 읽기를 강조한다. 종이책 읽는 일이 느리고 갑갑하여 책을 멀리하려는 충동을 느낄지라도 그러하기 때문에 더더욱 종이책을 읽어야 한다고 주장한다. 왜냐하면, 그러한 고통이야말로 우리가 종이책을 읽어야 하는 이유이기 때문이란다. 종이책 읽기의 고통 너머에 그 무엇과도 바꿀 수 없는 기쁨과 지성(知性)이 있다는 것이 저자의 고백이다.

물론, 독서인이 모두 교양인이요, 인격자라고 생각하는 것은 환상이라고 꼬집으면서 독서가 곧 교양과 인격의 척도라는 교조주의는 배격한다. 그런 의미에서 프랑스의 교사이자 작가인 다니엘 페나크의 '독자의 10가지 권리' 중 첫째는 '읽지 않을 권리'이다. 더 살펴보면, 건너뛰어서 읽을 권리, 끝까지 읽지 않을 권리, 연거푸 읽을 권리, 손에 집히는 대로 읽을 권리, 작중 인물과 자신을 혼동할 권리, 읽는 장소에 구애받지 않을 권리, 여기저기 부분적으로 읽을 권리, 소리 내어 읽을 권리, 읽고 나서 아무 말도 하지 않을 권리가 있다.

페나크는 책 읽기를 보다 친근한 일로 하기 위해서 위와 같은

'독자의 10가지 권리' 를 만들었다고 한다. 특히, 마지막에 '읽고 나서 아무 말(것)도 하지 않을 권리' 는 학생들이 선호할 만한 권리다.

이러한 독자의 권리를 바탕으로 우리 아이들이 책과 친해질 수 없는 방법에는 뭐가 있을까? 저자는 다음과 같이 조언한다. 첫째, 아이 스스로 책을 고르게 하라. 둘째, 책값을 넉넉하게 주라. 셋째, 한 분야의 책을 여러 권 읽어보게 하라. 넷째, 끝까지 다 읽으라고 강요하지 마라. 다섯째, 의심하면서 읽게 하라. 여섯째, 책 읽기보다 더 중요한 일이 있으면 그만두고 그 일을 하게 하라.

살펴보면 그다지 특별할 것 없는 방법이지만 책을 읽는 주체를 존중하고 배려하는 차원에서는 일맥상통하는 바가 있다. 다들 종이책의 위기 운운한다. 스마트폰과 디지털 교과서, 전자책 등의 등장으로 종이책 시장이 점점 위축되고 있다. 하지만 위기는 곧 기회다. 종이책 읽기의 경험을 그 무엇으로 비교할 수 있겠는가. 사그락, 사그락, 책장 넘어가는 소리의 아름다움을 기억하는 한 종이책 읽기의 즐거움은 사라지지 않을 것이다. 모두, 종이책 읽기를 권함. 종이책은 절대로 사라지지 않는다.

긴

크로아티아의 수도
자그레브에는
가스등에 불을 켜고 끄는 직업이 있다지.

2인 1조로
오래된 도시 구석구석을 돌면서
긴 막대기로
가스등 하나하나 직접 불을 밝히고 끄는
사람들이 있다지.

“커서 뭐 될래?”

의사 판사 변호사 교사처럼
몇 글자로 끝나는 일이 아니라

설명하려면
긴
설명하려면
시간이 필요한
그런 일을 하는 사람이 되고 싶어.

최소한
'긴 막대기로 가스등 하나하나에 직접 불을 밝히고 끄는' 보다는
긴.

교실에는 시가 필요해요

2021년 12월 25일 초판1쇄 발행

지은이 김 현 욱
펴낸이 김 성 민
편집디자인 김 경 자

펴낸곳 도서출판 브로콜리숲
출판등록 제2020-000004호
주소 41743 대구광역시 서구 북비산로 65길 36, 2층
전화 010-2505-6996
팩스 053-581-6997
홈페이지 www.broccoliwood.com
인스타그램 broccoliwood_
전자우편 gwangin@hanmail.net

ISBN 979-11-89847-29-6 03810

*책값은 뒤표지에 표시되어 있습니다.